KB176963

대통령 항문에 사보타주

대통령 항문에 사보타주

오르지음

orror

Sabotage
in the President's Anus

**202X 뽁뽁이 대량
학살사건에 대한 보고서**

〔 **1** 〕

어느 인류학자는 이 사건을 인류 역사상 가장 비참한 사건이라 평했다. 그러나 그 인류학자의 아내는 그가 잠자리에서 보여주는 태도보다는 덜 비참하다고 반박했다. 물론 학계에서는 그의 아내 의견에 손을 들어주었다. 그러나 비록 이 사건이 인류학자의 잠자리 태도보다는 덜 비참하더라도, 포장용지 업계의 부흥을 일으켰다는 점에서 역사의 전환점이라는 것은 분명하다.

"기적은 언제나 우리 곁에 있다. 다만 우리가 모르고 있을 뿐이다."라고 인류학자는 말했다. 그 이야기를 들은 인류학자의 아내는 "그런 거 몰라도 먹고 사는

데 전혀 지장 없다."라고 덧붙였다. 학계는 여전히 학자보다 그의 아내 의견을 존중하고 있다.

〔 **2** 〕

사건은 202X-1년 2월 15일 점심시간, 미국 캔자스
주 A건설 본사 빌딩 경비실에서 시작되었다. 그날 A건
설에서 경비원으로 근무하던 애스턴 마틴(가명, 당시
57세)은 맥주를 마시며 갓 돌이 된 손자를 경비실에서
돌보고 있었다. 그의 자식 부부는 맞벌이로 바빠 아이
를 돌볼 시간이 없었기에 그는 경비실에서 몰래 손자
를 돌보곤 했다. 그는 직원들에게 배송된 우편물을 부
서별로 분류하며 아이와 놀아주었다. 그러던 중 그는
잠시 다른 일을 보러 가야 했고, 아이를 책상 위에 올
려놓은 후 방을 나갔다. 그리고 그의 손자는 할아버지
가 마시던 맥주병에 입을 대고 꿀꺽꿀꺽 맥주를 마셔

대기 시작했다.

아이는 흠뻑 취했고, 아기의 위장은 술을 받아들이지 못한 나머지 할아버지의 일거리 위에 토사물을 쏟아내었다. 수많은 우편물이 아기의 알코올 섞인 토사물로 범벅이 되었고, 책상 위는 엉망이 되었다. 아기는 취한 상태로 책상 위를 기어 다니며 토사물과 우편물을 골고루 섞고 비벼대며 놀았다. 그러면서 경비실에 설치된 안내방송의 스위치가 '우연히' 켜졌고 '우연히' 피복이 벗겨져 있던 마이크의 선이 '우연히' 토사물 묻은 에어캡 포장에 닿았다. 그러자 스피커를 통해 건물에 낯선 음성이 울려 퍼졌다.

"아아, 아아. 안녕하십니까, 지구인 여러분?"

그들의 첫인사는 유창한 영어 발음의 부드러운 목소리였다고 전해진다. 그것이 인류와 우편물 포장용 에어캡—일명 뽁뽁이—안에 존재하는 외계문명과의 첫 만남이자 사건의 발단이었다.

이 전대미문의 사건에 대한 A건설의 반응은 즉각적이었다. A건설은 아이를 회사에 데려오고 우편물을 토사물로 범벅이 되게 만든 애스턴 마틴을 당장 해고해버렸다. 그리고 상냥한 목소리로 자신이 살고 있는 우주 문명에 대해 조목조목 설명하고 있는 스피커의 전원을 꺼버렸다. 그렇게 인류와 외계문명의 첫 만남이 덧없이 끝나는 듯했다.

그러나 A건설에 인턴으로 들어와 있던 대니엘 올리버(가명, 당시 25세)에 의해 그 교류는 계속될 수 있었다. 대니엘 올리버는 애스턴 마틴 대신 경비실에서 숙직하라는 명령을 받았다. 그는 다른 사원들이 모두 퇴근한 야심한 시각, 경비실을 치우기 시작했다. 그리고 문제의 에어캡을 발견했다. 대니엘 올리버는 포장용 에어캡을 좋아했다. 그는 에어캡의 명칭을 알지는 못했고, 다만 남들이 그것을 부르듯 '뽁뽁이'라고 불렀다. 그리고 그는 예전에도 할 일 없는 저녁때면 비닐 위 올기 돌기 돋아난 혹들을 뽁뽁 터뜨리며 시간을 때우곤 했었다. 그는 책상 위에 놓인 에어캡을 토사물이 묻지 않은 부분이라도 터뜨려볼까 하고 집어 들었고, 그러다 다시 '우연히' 피복이 벗겨진 마이크 선이 에어캡에 닿았다. 그러자 외계문명에서의 전언이 다시 이어졌다.

대니엘 올리버는 한참 동안 당혹스러워했다. 그러다 그는 뽁뽁이에게 말을 걸었고, 뽁뽁이는 대답을 했다. 그는 긴 대화 끝에 뽁뽁이 속에 우주인들이 있다는 사실을 받아들였다. 그들과의 대화는 간단히 이루어졌다. 그냥 뽁뽁이에다 대고 말을 하기만 하면 됐다. 그들의 과학력은 인류보다 수십만 배 뛰어났고, 그들에게는 자신의 우주 밖에서 들려오는 소리를 감지해낼 기술력이 있었다. 대니엘 올리버는 다음 날 저녁 흥분으로 얼굴이 빨개져서 토사물이 묻은 뽁뽁이를 집으로 들고 갔다. 그는 뽁뽁이와 소통을 하기 위해 스피커를 분해해 뽁뽁이에 연결했다. 밤새도록 대화가 이어졌다. 그가 뽁뽁이와의 대화에서 알아낸 사실은 다음과 같다.

하나. 아이가 술 먹고 구토한 토사물이 에어캡에 미묘한 화학반응을 일으켜 대화가 가능하게 되었다는 것.

둘. 세상에 존재하는 모든 뽁뽁이의 한 알 한 알마다 우주가 담겨 있다는 것.

대니엘 올리버는 그날 밤 자신이 파괴해 온 우주가 몇천만 개에 이른다는 사실을 깨닫고는 엄청난 죄책감에 자살해버렸다. 그가 좋아했던 '뽁' 하고 터지는 소리는 한 우주의 단말마였다. 그는 죽기 전 수많은 언론사에 진실이 담긴 편지를 보냈다. 또한 그는 '나는 다른 사람에게 온 소포의 뽁뽁이를 훔치면서까지 우주를 터뜨렸고 쉬는 시간에 시간 때우기로 우주를 파괴한 잔인무도한 악마다.'라는 내용의, 자신의 죄상을 조목조목 고백한 유서를 남기고 목을 매달아 저세상으로 떠났다.

대니엘 올리버가 언론사에 보낸 편지는 대부분 묵살되었다. 〈뉴욕 타임스〉는 그날 받은 마흔한 통의 '외계인과 접선했다'는 내용의 편지와 함께 그의 편지를 소각로에 던졌다. 〈워싱턴 포스트〉에서는 관리자가 그의 편지에 커피를 엎질러 아무도 읽지 못하였다. 다른 언론사의 기자들 역시 그의 편지를 3줄도 읽지 않고 쓰레기통에 던져버렸다. 다만 〈특종! 믿든 말든〉의 편집장만이 작은 흥미를 보이고 수습기자에게 인터뷰를 맡겼다. 다음은 〈특종! 믿든 말든〉의 수습기자 케리 샐던(가명, 당시 22세)과 최초로 인류와 콘택트한 뽁뽁이 우주의 인터뷰 녹취록 전문이다.

케리 안녕하세요.
        저는 〈특종! 믿든 말든〉의 케리 샐던입니다.
뽁뽁이 안녕하세요. 지금 이 음성은 저희

우주 통합정부의 의지를 기계로 발신하고
있는 것입니다.

케리 저, 당신들 우주의 역사는 어떻게 되지요?

뿍뿍이 지구 시간으로 3개월 정도 되었습니다만,
당신들이 거주하는 시간축과 우리들의 시간축은
큰 차이가 있습니다. 지구의 감각으로
계산해보자면 3개월에 10의 1,000,000제곱
정도를 곱하시면 됩니다. 통합정부는 몇억 년에
걸쳐 당신의 말을 분석하고, 몇억 년에 걸쳐
통합정부의 의사를 결정한 후 몇억 년에 걸쳐
당신에게 그 의사를 송신하고 있습니다.

케리 맙소사….
혹시 모든 에어캡에 우주가 들어 있습니까?

뿍뿍이 그렇습니다. 공장에서 에어캡이 생산되는
순간부터 한 알 한 알마다 새로운 우주가
태어납니다. 우리 우주보다 훨씬 더 고도의
문명을 지닌 에어캡도 어마어마하게 많습니다.

케리 놀랍군요. 하지만 당신들보다 고도의 문명을 가진
에어캡이 있다면 어째서 그들은 인류와
접촉하지 않았지요?

뿍뿍이 우리는 이제까지 당신들 인류와 소통하고
싶었지만, 당신들에게 말을 전달할 수단이

없었습니다. 하지만 우연히 특수한 성분이 포함된 용액과 피복이 벗겨진 스피커 선이 매개체가 되어 당신들에게 우리의 음성을 전달할 기회가 온 것입니다.

케리   당신들 우주 통합정부의 연혁은 어떻게 되지요?

뿍뿍이   말하는 순간에 이미 몇십억 년이 더 지나갈 테니 발생 시각을 가르쳐드리겠습니다.
에어캡이 공장에서 만들어진 순간부터 대략 2초 뒤입니다. 대다수 에어캡 문명의 발전 속도는 그 정도쯤입니다.

이 놀라운 인터뷰에 〈특종! 믿든 말든〉의 편집장은 큰 흥미를 보였다. 그리고 이를 기사화하기로 결정했다. 기사의 표제는 이렇다. '당신들의 에어캡 속에 거대 문명이 숨어 있을지 누가 아는가?' 그러나 기사는 지면의 부족으로 표제밖에 실리지 못했고 이내 편집장의 머릿속에서 잊혔다. 그는 자기네 집 마당에서 주운 그릇 조각이 6천 년 전에 외계인이 인류에게 전해준 오파츠라고 확신해 집 앞마당의 발굴 작업에 들어갔고, 발굴 작업의 일정이 너무 **빡빡**해 잡지에 신경을 쓸 여건이 되지 못했기 때문이다.

사건은 또다시 이렇게 묻히는 듯했다. 하지만 A건설에 근무하던 폭스 멀린(가명, 당시 34세)의 작은 호기심으로 그 만남은 지속되었다. 그는 2월 15일 점심시간에 일어난 사건에 의구심을 가졌고, 사건이 일어났던 경비실을 조사했다. 그리고 경비실에서 히루 숙직을 했던 대니엘 올리버의 이해할 수 없는 자살을 알게 되었다. 폭스 멀린은 대니엘 올리버가 죽기 전날 점심시간에 방송된 외계문명에 대한 내용이 진실이라고 가족에게 말했다는 것을 알게 되었다. 대니엘 올리버는 자신의 죄를 속죄받길 바랐다. 그래서 죽기 전 마지막 유언으로 뽁뽁이를 터뜨리지 말라고 가족들을 타일렀던 것이다. 폭스 멀린은 그 사실을 알고 나자마자 주변 사람들에게 수소문하여 자신의 옆집에 사는 이웃의 사촌의 처제의 동료의 어머니의 팔촌 친척의 CIA에 근무하는 친구에게 연락했다.

CIA에서는 이 해프닝에 흥미를 가졌다. 그들은 2급 비밀 전담 요원 톰 앤저리(가명, 당시 32세)를 파견하여 진상을 규명하려 했다. 톰 앤저리는 사건의 발단인 뽁뽁이를 훔치러 〈특종! 믿든 말든〉의 수습기자 케리 샐던의 집에 숨어 들어갔다. 그러나 그는 케리 샐던의 방 보안장치를 건드리는 작은 실수를 저질렀다. 그 작은 실수로 톰 앤저리는 그날 밤을 유치장에서 보내야 했고, 각국의 정보부는 이 사건을 놓치지 않았다. 작은 실수는 커다란 파문을 가져왔다.

냉전 시대 이후 최대의 첩보전이 시작되었다.

수천억 년의 역사를 가진 뽁뽁이 우주 문명의 과학과 기술은 현 지구의 수준과 차원이 다를 것이 분명했다. 그들 문명의 아주 작은 일부라도 특정 국가에만 유입된다면 그것은 국가 간 경쟁에서 완벽한 승리를 보장해줄 것이 자명했다. 각국의 정보기관은 구토 묻은 뽁뽁이를 얻기 위해 눈에 불을 밝히고 덤벼들었고, 자본기업의 총수들도 그 경쟁에 끼어들어 사조직을 투입했다. 냉전 시대 이후 산업스파이로 전락했던 수많은 정보원은 활력을 되찾았다. 그들은 다시 공무원이 되었고 안정적인 생활을 하게 되었다. 〈007 시리즈〉나 〈미션 임파서블〉에서나 나올 것 같은 비밀무기와 최신 자동차들이 각지에서 개발되었다. 인류 역사 이래 가장 격렬한 첩보전이었다. 단순히 아이의 토사물로 범벅이 된 뽁뽁이를 얻기 위한 전쟁으로는 믿기지 않을 정도였다.

정말이지 엄청난 수의 정보기관 요원들이 이 사건

에 투입되었다. 냉전 후 사라졌던 수많은 정보기관이 부활하고 확장되었다. 한국의 국정원도 이 사건에 적잖은 수를 파견했다고 한다. 테러 집단들도 그 경쟁에 끼어들었다는 증거가 발견되었다 하니, 그 첩보전의 규모는 아직 누구도 짐작을 못 하는 실정이다.

그동안 구토 묻은 뽀뽀이에 관련된 많은 존재가 사라졌다. A건설은 음모에 의하여 부도가 났고 케리 샐던, 폭스 멀린, 톰 앤저리의 행방은 아직도 묘연하다. 〈특종! 믿든 말든〉 잡지사는 다행히 첩보전이 시작되기 전에 이미 망해 있었다. 〈특종! 믿든 말든〉의 편집장은 자신의 앞마당에다 마치 그랜드캐니언을 재현하려는 듯 막대한 발굴 작업을 벌였다. 그리고 그 발굴 작업에는 편집장이 빼돌린 회사의 공금이 들어갔고, 그로 인하여 회사는 완전히 무너져버렸다.

생애 첫 주정과 구토로 뽀뽀이와 인류 사이에 다리를 놓았던 애스턴 마틴의 손자는 그 격전의 한가운데에 있었다. 아기에게 다시 알코올을 먹이고 구토를 유발하려는 수많은 음모가 진행되었다. 그들이 노리는 것은 구토 묻은 뽀뽀이와 구토의 원천존재였다. 아기는 수많은 첩보기관 내에서 구토를 해야 했다. 어째서

인지 아이의 구토가 더 이상 뽁뽁이와 인류와의 연결점이 되지 못했고, 첩보기관은 아기를 일상생활에 돌려주었지만 그 사실을 모르는 다른 첩보기관에서 아이를 다시 자신들의 세계에 데리고 왔기 때문이다. 물론 그 끝은 상당히 오랜 기간이 지난 뒤에나 찾아왔다. 전 세계, 고금동서를 통틀어 그 아이보다 많이 정보기관 관리자들과 만나본 사람은 없었다. 아이는 각국의 정보기관에 적어도 두 번 이상씩은 얼굴도장을 찍은 후에야 무사히 부모에게 돌아갔다고 전해진다. 다만 당시 어린 나이에도 불구하고 간과 위장이 많이 상해 있었다고 한다.

아이의 구토가 아무 효능이 없자, 결국 첩보원들의 표적은 구토 묻은 뽁뽁이 하나로 좁혀졌다. 그 뽁뽁이를 차지하기 위해 수많은 요원의 피가 흘렀고 각국의 도시가 파괴되었다. 요행히 인류와 문명의 미래, 그리고 노후연금을 생각하는 첩보원들의 피나는 희생 끝에 구토 묻은 뽁뽁이는 기적적으로 무사했다. 표면적으로는 각국 간 어떤 분쟁도 없었던 것으로 보였다. 하지만 어두운 뒷 세계에서 그렇게 단기간 동안 거친 피바람이 불었던 것은 역사상 처음이었다.

온 지구가 피로 물들었던 넉 달이 지나고, 구토 묻은 뽁뽁이는 거침없이 작전을 수행한 중국의 손에 들어갔다. 미국의 한 도시에서 펼쳐졌던 마지막 작전에서는 수백 명의 요원이 죽었고 빌딩 하나가 완전히 부서졌으며 도시의 교통은 완전히 마비, 민간 사상자의 수 역시 어마어마했다. 그 격전의 마지막은 비 내리는 밤, 민간인들은 모두 대피하고 첩보요원들만이 도시에 남은 채 시작되었다. 무수한 미국의 첩보요원들과 단 한 명의 중국 첩보요원 안덕삼(가명, 당시 22세) 간의 혈전, 그리고 안덕삼의 자폭 끝에 중국은 구토 묻은 뽁뽁이를 차지할 수 있었다. 처참한 현장을 뒤로 하고 중국의 첩보원들은 뽁뽁이를 자기네들의 과학연구소에 보냈다.

그 뽁뽁이가 중국으로 가는 비행기 안에 있을 때, 프랑스 B운송회사에서 경비원으로 일하던 닉스 루터(가명, 당시 41세)는 점심시간을 이용하여 늦둥이 자식을 경비실에서 돌보고 있었다. 닉스 루터가 장난삼아 자신의 두 살 먹은 아이에게 포도주를 먹이자 아이는 B운송회사에 배달되어 온 우편물 위에 토악질을 했다. 이번에도 '우연히' 피복이 벗겨진 마이크 선이 그 우편물의 에어캡, 뽁뽁이 위에 닿았고 사내 스피커를 통해 B운송회사에 외계의 메시지가 울려 퍼졌다.

"안녕하세요, 지구인 여러분."

그들은 매우 유창한 불어로 친절하게 말을 걸어왔다고 한다. B운송회사의 사원들은 그 사건을 매우 흥미진진하게 받아들였다. 그들 중 어느 사원이 〈특종! 믿든 말든〉에서 이와 유사한 기사를 본 것을 기억해 내자 그들은 뽁뽁이와의 대화가 누군가의 장난이 아님을 깨달았다. 그들은 다양한 뽁뽁이에 같은 과정을 시도했고, 모두 성공했다. 그들은 인터넷 유머사이트에 "당신들의 에어캡 위에 발효된 주류와 아이의 구토를 섞어서 부은 후, 스피커를 연결하면 외계인과 대화를 나눌 수 있다는 것을 아는가?"라고 적어 올렸다. 이 인터넷 유머는 순식간에 전 세계로 퍼졌고, 사실임이 드러났다. 그리고 그날부터 지구에서는 외계인과의 대화가 선풍적인 인기를 끌게 되었다. 중국이 수많은 유혈 끝에 얻은 외계인과의 통신 가능한 에어캡이 연구기관에 도달한 지 하루 후에 일어난 일이었다. 그리고 영국의 어떤 연구기관이 '발효주와 아이의 구토를 섞어야만 효과가 나온다.'라고 보고서를 정리하기 전에 그들의 홈페이지에 그 유머가 올라왔다. 그러나 그 연구기관의 소장은 유머를 별로 좋아하지 않아 관리자 권한으로 그 글을 삭제했다. 보고서가 상층부에 올라가기 두 시간 전의 일이었다.

〔 **3** 〕

　뽁뽁이와의 대화는 21세기에 나타난 사건 중 가장 선풍적 유행이었다. 사람들은 모두 인류가 한 발짝 더 나아갈 계기를 얻었다고 기뻐했다. 모두 희망에 부풀어 올라 자신의 아이에게 술을 먹이고 구토를 하게 해 그 액체를 뽁뽁이에 발랐다. (간혹 발효주가 아닌 술을 섞었다가 낭패를 보는 부모도 있었다.) 아이들의 위장과 간은 급격히 상태가 나빠졌고 소아과병원 직원들은 끝없이 몰려드는 손님을 보고 환호성을 질렀다. 사람들은 어딜 가든 뽁뽁이에 스피커 선을 연결하여 그들과 대화를 나누었다. 모든 뉴스에서 뽁뽁이와 대화한 내용을 다루었다. 정치적 스캔들로 정적을 처리하거나 결혼설 발표로 다른 연예인의 노출 사진의 파장을 가리려던 시도들은 모두 무가치했다. 사람들은 모두 뽁뽁이만을 바라보고 지냈다.

가장 먼저 정치적 행보를 보인 것은 시민단체였다. 그들은 고도의 지성과 문명을 갖춘 뽁뽁이를 터뜨리는 행위를 규탄하는 선언문을 발표하고 뽁뽁이를 포장 용도로 사용하는 것을 금지하는 법안을 제출했다. 뽁뽁이를 위한 수많은 시민단체가 설립되었고, 단체들은 모두 거리로 나가 시위를 시작하였다. 이는 사람들 사이에서 엄청난 반향을 일으켰다. 택배업체와 에어캡 제조회사에서는 울상을 지었지만 누구도 그들의 편을 들어주지 않았다. 그다음은 종교계에서 에어캡의 생산을 중단하라는 주장을 펼쳤다. 에어캡의 제조는 수억 개의 문명을 탄생시키는 일이며, 이러한 창조의 행위는 신에게만 주어진 권한이라는 논지에서였다. 이는 사람들 사이에서 그다지 큰 반향을 일으키지는 못했지만, 어차피 포장 용도로 사용되지 않을 에어캡을 생산할 이유도 없었기 때문에 정치권에서는 쉽게 입법화하였다.

검찰은 각종 범죄 사건 현장에 있던 뽁뽁이의 증언을 채택시켜달라고 법원에 요청하기 시작했다. 검사들은 뿍뿍이가 외부의 소리를 감지할 수 있고, 사건 현장에 뿍뿍이가 있었다면 증언이 가능하다고 주장했다. 판사들은 에어캡 속 우주인들의 증인채택을 거부할 법적 근거가 없다고 판단했다. 결국 각국 정부에선 국제법에 의거, 뿍뿍이 우주 정부에 법인 자격을 부여하였고, 전 세계의 많은 미결 사건이 해결되었다.

어떤 과학자들은 에어캡이 아닌 다른 물건에도 미지의 문명이 존재하리라는 가설을 세웠다. 그들은 아이의 구토물과 알코올을 섞어 온갖 물건에다 발라보고 스피커를 연결했다. 과학자들은 뿍뿍이 우주 문명과 인류의 만남이라는 역사적 사건이 자신들에 의해 이루어지지 못한 것을 치욕으로 여겼다. 그들은 다른 문명과 접촉하기 위해 필사적이었다. 더군다나 예전부터 외계문명의 존재 증거를 찾아다니던 일부 학자들에게 이 사건은 더욱 가혹한 절망이었다. 무엇보다도 UFO나 레이저광선, 제다이 기사들은 뿍뿍이 우주 문명과는 전혀 연관이 없었기 때문에 더욱 그러했다.

뿍뿍이 우주 문명과의 교류가 시작되고 난 후 사람들의 삶에는 큰 변화가 일어났다. 심심풀이로 뿍뿍이를 터뜨리는 행위는 금기시되었다. 뿍뿍이는 아이들의 손이 닿지 않는 곳에 놓였다. 모두 뽁뽁이 관리에 엄중을 기했다. 만에 하나 뽁뽁이를 한 알이라도 터뜨린다면 하나의 우주를 터뜨린 셈이니, 사람들은 뽁뽁이 관리에 철저해질 수밖에 없었다. 대니엘 올리버처럼 이제까지 수억의 우주를 파괴한 것에 죄책감을 느껴 자살하는 이들도 생겨났지만, 이런 사례는 극히 적었다. 정부에서는 '무지는 죄가 아니다.'라는 내용의 공익 광고를 제작했다.

뽁뽁이를 이용한 산업 역시 크게 발전하였다. 그중 가장 번창했던 것은 '아기토주'를 생산한 C주류업체였다. 이 주류회사에서는 뽁뽁이와 통신이 가능한 아이의 구토와 발효주의 성분비를 계산해내어, 인공적으로 생산하고 그 액체를 '아기토주'라 이름 붙여 판매했다. 그 비율에 대한 특허로 얻은 수익은 C주류업체를 코카콜라 다음가는 음료 판매회사로 만들기에 충분했다. 아이들의 간과 위장은 점차 나아지기 시작했고 소아과병원은 드디어 휴가를 떠날 수 있게 되었다는 기쁨의 함성으로 가득 찼다.

꼭 뽁뽁이를 이용한 산업만 나타난 것은 아니었다. 에어캡을 대체할 완충용 물품 산업의 경쟁이 생겼다. 싸고, 편하고, 안전한 포장지를 만들기 위해 수많은 기업이 경쟁에 뛰어들었다. 고안품이 표준모델로 채택되고 특허가 인정되었을 경우의 이득을 생각하면 경쟁에 뛰어들지 않을 이유가 없었다. 에어캡은, 뽁뽁이는 전 지구에서 쓰이는 물건이었으니 말이다. 엄청난 음모와 비리, 암투가 벌어졌다. 특히나 기존에 에어캡을 생산하던 회사에선 다른 수익모델이 없었기에 더욱더 필사적이었다. 그러나 뽁뽁이를 대체할 만한 새 제품은 쉽게 나타나지 않았다. 뽁뽁이보다 싸고 안전한 물건을 만드는 것은 쉽지 않은 일이었다.

그 외에도 다양한 곳에서 뽁뽁이는 커다란 붐이었다. 사회 유명 인사나 과학계 최고위 학자들, 명성 높은 철학자와 뽁뽁이의 대화가 라디오에서 방송되었다. PD들은 출연료를 많이 주지 않아도 되는 출연자가 생긴 것에 기뻐했다. 과학계에서는 뽁뽁이와의 대화를 통하여 새로운 지식을 얻으려 노력했고 철학자들 역시 철학적 진리를 찾아 뽁뽁이 사이를 헤맸다. 그 시기 학자들의 학구열은 인류 역사에서 비할 바를 찾기 힘들 정도로 타올랐다. 그리고 그 수는 적으나 몇몇 예술가 역시 뽁뽁이에서 영감을 얻으려 고군분투했다. 그중 가장 비참한 상태에서 연구를 한 것은 바로 종교가들이었다. 종교가들은 수많은 뽁뽁이에게 말을 걸었다.

"저기요, 교회 다니세요?"

"저희는 무신론잔데요."

종교가들의 편을 들어주는 뽁뽁이 우주는 전무했지만 시도는 멈추지 않았다. 그들은 수십억 개의 우주에 선교했고 모조리 실패했다.

인류의 발전은 쉽지 않았다. 정부에서는 엄청난 희생과 막대한 자금을 투자하여 첩보전을 벌였을 정도로 뽁뽁이 우주와의 교류에 기대가 컸다. 그리고 뽁뽁이 우주와의 교류가 손쉬워진 후 학계가, 아니 온 인류가 그에 건 희망은 어마무시했다. 뽁뽁이는 분명 지구 문명보다 한참 우위에 서 있고, 그것을 배울 수 있으리라 기대했다. 물론 뽁뽁이 우주 문명은 지구에 비할 바가 아니었다. 그들은 어디 하나 다를 곳 없이 고도의 문명을 자랑했다. 지구와는 전혀 다른 시간축에서 살고 있기 때문에 문명의 발전 속도 역시 지구에 비할 수 없었다. 그들은 엄청난 속도로 진화하고 있었다. 학계의 기대는 틀리지 않았다. 그러나 인류가 그것을 배울 수는 없었다. 인류와 뽁뽁이의 수준 차가 너무나 극심했기 때문이다.

뽁뽁이 우주의 역사는 대부분 10진수로는 A4 한 장 내에 연혁을 적기 어려울 만큼 길었다. 또 그만큼 높은 수준의 문화였다. 그러나 아이러니하게도 인류와 뽁뽁이 간 대화의 가장 큰 장애물은 여기서 기인했다. 도무지 수준이 맞질 않는 것이다. 뽁뽁이 우주에서 그들의 가장 기초적인 이론을 설명하더라도 지구의 과학자들은 전혀 이해하질 못했다. 지구의 과학자들이 자신들이 당면한 문제에 대하여 설명하더라도 뽁뽁이 우주에선 이미 완전히 잊힌 문제였으므로 전혀 도움을 주질 못했다. 과학자들은 갓 제조한 뽁뽁이나 사이즈가 크고 작은 뽁뽁이의 시간축이 각기 다를 것이라는 가설을 세웠다. 그 추측은 맞았으나 아쉽게도 인류에 자신들의 의견을 전달할 수 있을 정도로 고도화된 뽁뽁이들은 모두 인류와 수준차가 극심했다. 뽁뽁이 우주의 사람들이 진리에 다가가 있고 그것을 배울 수 있으리라는 철학자들의 기대 또한 처참하게 무너졌다. 그들 역시 과학자들과 같은 벽에 부딪혔다.

과학자와 철학자 들은 뽁뽁이들이 도대체 왜 42라는 숫자에 대해 끊임없이 설명하려 하는지 이해할 수 없었다. '도무지 42가 뭐 어쨌길래 뽁뽁이들이 그 숫자에 집착하는가?' 둘 이상의 과학자, 철학자들이 모이면 그에 관한 토론이 개진되었다. 연구가 끊이지 않았으나 성과는 없었다. 현재도 이 42라는 숫자가 뽁뽁이들의 문화와 어떤 상관이 있는지 학계 내에서 의견이 분분하다.

사회학자와 윤리학자 들의 경우에는 앞서와는 약간 다른 이유에서 문제에 부딪혔다. 뽁뽁이 우주의 사회와 지구의 사회 자체가 너무 달라 비교가 불가능했던 것이다. 문화적 인식의 차이가 너무 커 아무런 도움을 얻을 수 없었다.

〔 **4** 〕

뽁뽁이 우주 문명이 인류에게 도움이 못 된다는 것
이 확실시된 후, 유행은 시들어갔다. 뽁뽁이를 이용한
산업은 거의 사라졌고 유명 인사와 뽁뽁이가 대화를
나누는 몇몇 방송만이 명맥을 유지하였다. 과학자와
철학자 들은 아직 뽁뽁이와의 대화에서 무언가를 얻
으려는 시도를 멈추지 않았지만, 사람들은 이제 큰 관
심을 갖지 않았다. 몇 개의 음모론—NASA에서 뽁뽁
이들에게 진실을 말하지 말라고 경고했다는 둥, 뽁뽁
이들이 지구 침략을 준비하고 있어서 과학의 진보를
막고 있는 중이라는 둥의—이 유행하긴 했으나, 그 또
한 금세 잊혔다. 뽁뽁이 우주 관련 주식들은 차츰 하

락세에 접어들었다.

사람들은 뽁뽁이들을 존중하기는 했지만 존경하진 않았다. 그들은 뽁뽁이들을 예쁘게 포장해 서랍 속에 넣어두거나 실수로 터뜨려도 눈물을 흘리며 사죄하지 않게 되었다. 그저 아이들이 뽁뽁이를 터뜨리며 좋아하는 것을 보면 혼을 냈지만, 화를 내지는 않는 정도의 존중이었다. 붐은 일시적이었다. 뽁뽁이들은 연구소 밖에선 짐 덩어리 취급을 받았다. 그렇게 몇 달이 지나고 그 사건이 일어났다.

사건은 202X년 12월 15일에 방영된 미국의 TV 프로그램 〈상공 2만 피트〉에서 시작되었다. 〈상공 2만 피트〉는 유명 연예인들이 자신의 신변잡기를 읊어대는, 인기 없는 B급 생방송 토크쇼였다. 그날 방송된 〈상공 2만 피트〉의 특별 출연자는 대외적으로 인류와 최초로 대화를 나누었다고 발표된 뽁뽁이 우주였다. 여느 토크쇼가 그러하듯 〈상공 2만 피트〉는 뽁뽁이 우주와 진행자의 쓸데없는 잡담으로 진행되고 있었다. 그러다 쇼가 중반에 들어설 무렵, 〈상공 2만 피트〉의 진행자 아니 베른(가명, 당시 44세)이 뽁뽁이 우주에게 건넨 하나의 질문으로 그 끔찍한 참상이 시작되었다.

"당신들은 지구의 문명을 어떻게 생각하지요?"

"조금 미개하고 야만스럽지만 앞으로의 발전을 기대합니다."

대량 학살의 효시가 쇼의 정적을 꿰뚫었다.

방송 다음 날 사람들의 반응은 폭발적이었다. 각종 일간지의 일면에는 '세계 최초로 인류와 대화한 뽁뽁이 우주, 지구 문명 미개하고 야만스럽다 비난', '오만한 뽁뽁이 우주', '농락당한 인류' 등 뽁뽁이 우주의 발언에 대한 비난 기사의 표제가 실렸다. 사람들은 분노했고 모욕감에 이를 갈며 욕설을 내뱉었다. 그들은 자신이 농락당했다고 생각했다. 그리고 인터넷에서는 뽁뽁이 우주의 발언에 반박하고 그들을 모욕하는 글들이 쉴 새 없이 올라왔다.

몇몇 시민단체에선 모든 뽁뽁이 우주가 그런 정치적인 태도를 가지고 있지는 않고, 언론에서 확대 포장해서 기사화했다고 주장했다. 그러나 그 주장에 동조하는 사람은 많지 않았다. 오히려 시민단체의 주장은 언론을 자극하고, 더욱 과격한 기사를 쓰게 만들었다. 언론에서는 뽁뽁이 단독 인터뷰를 기사화했다. 그 내용은 뽁뽁이 우주가 지구의 문명을 비하하는 내용으

로 가득 차 있었다. 그 인터뷰가 실제로 이루어졌는지
는 불투명하다. 기자들이 수많은 뽁뽁이 중 누구와 인
터뷰했는지 일일이 조사할 증거가 없기 때문이다. 학
계에서도 사건의 이슈를 부풀려 기사를 날로 써먹기
위해 기자들이 사실을 왜곡했으리라 조심스럽게 추측
만 하고 있을 뿐이다.

　사람들은 거리로 나와 뽁뽁이를 비난하는 과격 시
위를 펼쳤다. 잊혔던 음모론자들은 그제야 힘을 얻었
다. 세간에는 온갖 '카더라 통신'을 통한 음모론이 유행
했다. 그 음모들이 사실이 아니라고 밝혀져도 누구 하
나 신경 쓰지 않았다. 사람들 머릿속에서 뽁뽁이는 이
미 악의 무리였다.

　그리고 최악의 사건이 일어났다.

　뽁뽁이 규탄 시위대 중 가장 과격한 단체는 미국의
손 코너(가명, 당시 25세)가 이끄는 '뽁뽁이추방위원회'
였다. 그들은 12월 20일, 뉴욕 거리를 점거한 후 집회
를 열었다. 수만 명의 뉴욕시민들이 거리에 나와 뽁뽁
이들을 비난했다. 집회 내용은 뽁뽁이의 발언을 정리
한 발표문을 읽고 뽁뽁이의 주장을 비판하는 연설과
국가제창 등이었다. 그리고 그 집회의 마지막, 최악의

이벤트가 벌어졌다. 집회가 거의 끝나갈 무렵 '뽁뽁이 추방위원회'의 대표 숀 코너는 자신을 비추고 있는 카메라를 향해 무언가를 흔들어 보이기 시작했다. 그것은 바로 한 장의 뽁뽁이였다.

숀 코너의 얼굴은 분노로 가득 차 있었다. 그는 연단 위에 올라가 긴 시간 동안 침묵으로 관중들을 애태웠다. 깊은 한숨이 몇 번 오고 모두 지루해할 무렵, 시위의 절정이 다가왔다. 그는 카메라를 두 눈으로 직시한 채 한 알 한 알 잔혹하게 뽁뽁이를 터뜨리기 시작했다. 군중들은 침묵으로 그 끔찍한 학살 현장을 지켜보고만 있었다. 숀 코너는 입을 굳게 다물고 엄지와 검지에 최대한 힘을 주어 뽁뽁이를 터뜨렸다. 그 화면을 보고 있던 수많은 사람은 공포에 떨었다. 그들은 수백 개의 우주가 파괴되는 현장을 바라보고 있었다. 뽁, 뽁, 뽁, 뽁…. 숀 코너는 계속해서 뽁뽁이를 터뜨리다가 성난 함성을 내질렀다. 그러고는 뽁뽁이를 땅바닥에 내던진 후, 발로 밟고 이빨로 물어뜯기 시작했다. 야만스럽고 미개한 학살이었다. 시위 현장은 비명으로 가득 찼고 누군가 울부짖는 사람도 있었다. 학살은 세계적인 유행이 되었다.

사람들은 그전까지 조그만 비닐쪼가리가 자신들보다 똑똑하다는 것에 강한 열등감을 느끼고 있었다. 그들은 자신들이 쌓아온 역사가 고작 비닐쪼가리 뽁뽁이 한 알에 든 우주보다 못하다는 것을 겨우겨우 참아내고 있었다. 그동안 이성이라는 끈이 그들을 묶어두고 있었지만, 손 코너의 그 끔찍한 시위 후 고삐는 완전히 풀려버렸다. 온 지구의 사람들은 뽁뽁이들에게 분노했고 학살을 자행했다.

학살 방법은 다양했다. 몇 가지만 예를 들자면 불로 태우기, 차도에 뽁뽁이를 던져놓기, 야구방망이에 에어캡을 싸놓고 타격 연습하기, 의자 위에 뽁뽁이로 방석을 만들어놓기 등이었다. 그중 가장 잔혹한 학살은 바로 바늘로 뽁뽁이를 찌르는 것이었다. 얇은 바늘로 뽁뽁이를 살짝 찌르고, 그들의 우주를 천천히 손가락으로 눌러 바람을 빼어 뽁뽁이 우주인들을 서서히 멸망시키는 방법이었다. 더 잔혹한 성격을 가진 이들은 그 상태의 뽁뽁이에 '아기토주'를 발라 스피커를 연결한 후 뽁뽁이들이 살려달라고 비명 지르는 것을 들으며 즐겼다.

온 인류가 뽁뽁이를 향해 분노했다. 그리고 학살을 주저하지 않았다. 그들은 그저 자신이 분노하는 것에서 쾌락을 느끼고, 주변 사람들과 동지가 된 듯 한 기분에 젖어 정의감에 도취했다. 모든 국가가 뽁뽁이를 터뜨리는 것에 몰두했다. 에어캡 생산 공장은 다시 불을 밝히고 터지기 위한 뽁뽁이를 만들어 판매했다. 뽁뽀로뽁뽁북뽁뽁, 지구에서 뽁뽁이 터지는 소리가 나지 않는 곳을 찾을 수 없었다. 사람들은 지하철에서, 자동차 안에서 심지어 비행기나 잠수함, 우주 스테이션에서까지 뽁뽁이를 터뜨렸다. 우주의 단말마는 끊이질 않았다. 일부에선 뽁뽁이를 효율적으로 터뜨리는 방법을 설명하는 방송도 등장했다. 인류는 그들의 손을 수억의 우주가 흘린 피로 적셨다. 그들은 손이 부르트도록 우주를 터뜨렸다. 이성은 마비되고 분노만이 남았다.

인류 역사상 가장 방대하고 잔인한 학살극이었다.

〔 **5** 〕

참살의 열기는 점차 시들어갔다. 뽁뽁이 우주는 인류에게 해를 끼치기엔 너무나 작았다. 일방적인 폭력은 곧 가라앉는 법, 사람들은 뽁뽁이를 터뜨리는 것에, 분노를 하는 것에 지쳐갔다. 그들은 언제 그런 학살이 있었냐는 듯 일상으로 돌아갔다. 뽁뽁이는 외계의 고차원 문명에서 하릴없는 사람들의 심심풀이로 돌아갔다. 존경의 감정은 분노로, 분노의 감정은 무시로 변했다.

뽁뽁이를 대체해 소포를 포장할 상품은 학살의 열기가 식을 때까지 결정되지 못했다. 수많은 아이디어가 나오고 신상품들이 발매되었으나, 그것들을 전 세계적으로 생산할 공장을 지을 자금이 너무나 막대히 필요했다. 사람들은 다시 뽁뽁이를 포장지로 사용하기 시작했다.

어떤 이들은 인류가 뽁뽁이 대량 학살사건에 대해 반성을 해야 한다고 말했다. 인류가 뽁뽁이들에게 행한 악행은 절대 용서받을 수 없으며, 그런 반윤리적이고 문명을 모독한 행위는 처벌받아야 한다고 주장했다. 하지만 몇몇 예술가와 비평가는 뽁뽁이는 유두를 상징하는 기표이며 젖가슴에 묻히듯 물품을 감싸 안는다는 점에서 오이디푸스콤플렉스를 자극하지만 실재하는 유두와는 달리 말 그대로 터질 때까지 집요하게 희롱할 수 있다는 점에서 실재보다 더욱더 실재적이기에 인류가 뽁뽁이들에게 매혹되는 동시에 찢어버리고 싶어 하는 것은 일종의 필연이자 욕망을 가로지르는 과정이었을 뿐이라는 논지의 학회를 열어 "이래서 프로이트를 공부한 새끼들은 글러 먹었어."라는 반응만을 받았을 뿐이며 처벌에 대한 논의는 어느새 눈 녹듯이 사라졌다.

뽁뽁이만이 아닌 다른 물건들 속에도 우주가 있을 것이라고 주장했던 과학자들은 학살의 기억이 흐릿해질 무렵 성과물을 내놓았다. 그들은 '아기토주'를 발라

땅콩에 오징어를 완벽하게 둘러쌓았을 때 뽁뽁이 우주보다 두 배가량 뛰어난 문명이 탄생한다는 것과 사람들 귓속에 있는 귀지에는 현 우주의 평행우주가 존재한다는 논문을 발표했다. 이 논문들은 뽁뽁이 우주보다 훨씬 작은 규모의 유행을 일으기고 잇혔다.

〔 **6** 〕

어느 인류학자는 '202X 뽁뽁이 대량 학살사건'에 대한 세미나를 마치면서 이렇게 말했다. "우주는 기적으로 가득 차 있다. 우리는 주위의 기적을 하나하나 음미하는 법을 배워야 한다. 그것이 인류 발전의 지름길이다." 인류학자의 아내는 그의 주장에 이렇게 반박했다고 한다. "그딴 것 배울 시간에 심부름이나 열심히 하고 주말엔 자식이랑 놀아줘도 보고 마누라한테 선물이나 사주는 법이나 배워라."

학계는 여전히 그의 아내의 의견을 전폭적으로 지지하고 있다.

대통령 항문에 사보타주

대통령은 변기 위에 앉았다. 오랜만의 일이었다. 하루 네 시간 수면이 모자라도록 쓸데없이 일을 벌여놓은 탓에 화장실에 들를 짬이 없기도 하였거니와, 딱히 마렵지도 않았던 탓이었다. 그랬던 대통령이 이렇게 화장실에 행차한 이유는 단 하나, 채변 검사 때문이었다. 언제나 그랬다. 그는 변의가 있을 때만 화장실에 갔다. 학창 시절 몰래 담배를 피우기 위해서도, 상사에게 혼나 울기 위해서도, 괜스레 손이라도 씻는 척 친구끼리 뒷담화를 하기 위해서도 가지 않았다. 오로지 변의만을 위해서였다. 대통령의 항문이 딱히 실용적이었던 탓은 아니었다. 담배를 숨어 피운 적이 없었고, 아첨으로 권력자들의 비호를 받았으며, 뒷담화를 할 만한 사람들에겐 직설적으로 욕설을 뱉었기 때문이었다. 무엇보다 친구가 없었다. 언제나 그랬다.

생각해보니 이번이 관저 대통령 전용 화장실 변기 위에 처음으로 앉는 것이었다. 대통령은 이 위에 전임 대통령의 엉덩이가 걸쳐졌을 것이 떠올라 기분이 나빠졌다. 이번만 일을 치르고 변기를 바꿔야겠다 결심했다. 5개월 만에 변기 위에 앉은 것도 모두 다 전임 대통령 탓이겠거니, 분노의 목표를 정했다. 속이 시원해졌다. 이제는 그가 대통령이니까. 전임 대통령이 앉은 변기도 갈아치울 수 있으니까. 이렇게 변이 나오지 않는 것도 다 전임 대통령 탓임을 확신했다.

아무튼 변을 봐야 했다. 주치의가 기다리고 있기 때문이기도 하고, 곧 여당 대표와 테니스 약속을 잡아놓기도 했기 때문이다. 이번에는 꼭 더블 폴트 없이 이겨야지 다짐했다. 대통령은 더블 폴트만 없으면 딱히 실점한 적이 없었다. 그와 게임을 하는 사람들 중 감히 그를 이길 생각을 하는 사람이 없었기 때문이었다. 물론 대통령이 그 사실을 깨달을 리 없었다. 언제나 그랬으니까. 그는 뭐라도 긁어내야겠다는 생각에 항문에 손가락을 꽉 찔러 넣었다. 그 순간 항문이 불을 뿜었다.

"아, 씨발, 똥이 안 나온다고 똥을 항문에서 긁어내는 미친놈이 어디 있냐!"

대통령의 항문은 대통령에게 꽤 구체적인 욕설로 들리는 방귀를 뀌었다.

대통령의 항문이 말을 하는 경우는 전례가 없는 일이었다. 그것도 방귀로 말을 하는 것은 인류사에서 흔히 찾기 힘든 일—비슷한 사례로 미국의 모 쇼 호스트와 관련된 사건이 있었다—이었다. 항문이 내뿜는 소리는 분명 방귀였다. 뿡. 뿡. 뿡뿡. 뿡뿡뿡? 뿡뿡뿡. 하지만 동시에 말이기도 하였다. 대통령의 방귀 소리는 누군가와의 의사소통에 어떠한 문제도 없었다. 오히려 대통령의 듣기 짜증 나는 쉰 목소리보다 더 깔끔하고 명쾌한 소리였다.

곧바로 긴급회의가 소집되었다. 회의 주제는 대통령의 방귀였다. 여당 대표들과 관료들이 모여 대통령의 방귀 소리에 관한 토론을 진행했다. 사실 토론이라기보다는 대통령이 하는 이야기의 받아쓰기에 가까웠다. 항문이 그 나라의 언어로, 그것도 유창한 솜씨로 문법 발음 문제없이 논리적 단계를 밟아가며 정부 정책을 비판을 하고 있으니, 그 대처는 다음과 같이 간단하게 정리되었다.

"부동산 규제는 풀고 상속세는 내리고 환율은 대충 관리하는 척하면서 비자금으로 환투기하고 공기업은 사기업화하고 언론은 장악하라."

어차피 대통령 당선 후 수백 번은 치른 회의의 결론은 모두 같았다. 각료들은 모두 대통령을 칭송하고 자화자찬을 몇 번 한 후 전임 대통령에 대한 욕을 한 후 야당의 무능에 대해 비판을 몇 번 한 후 집으로 돌아갔다. 대통령은 각료들을 돌려보낸 후 무언가 마음에 걸리는 것을 느꼈다. 무엇일까. 무엇일까. 왜 이리 심란할까.

"이 찌질아! 항문이 말하니까 회의 열었지, 언제 늬들 배때기 채울 회의 열자 그랬냐!"

대통령은 자신의 항문이 계속해서 자기에게 화를 내는 것에 심기가 좋지 않았다. 특히나 자신을 바보 취급하는 것이 싫었다. 나는 똑똑하고 일도 잘하고 근면 성실한데 항문이 왜 화를 내는지 이해할 수가 없어 하며 열이 올랐다. 항문을 한 대 내려치고 싶었지만 그랬다가는 자기가 아플 것 같았다. 그리고 그렇게 내리치지 않아도 자기를 믿고 따르리라 생각했다. 왜냐하면 대통령은 대통령이었기 때문이다. 대통령을 믿지 않으면 누구를 믿겠는가? 전임 대통령?

"소통에 오해가 있었을 뿐이다. 곧 잘 될 거다."

대통령의 답변을 들은 항문은 미친 듯 방귀를 뀌어 댔다. 한심하고 답답했던 탓이었다. 그 방귀 소리가 얼마나 크고 요란하고 소란스럽게 반복되었는지 관저 창문들이 전부 흔들릴 정도였다. 대통령은 가스가 떨어지면 항문도 조용해지겠지 하는 생각으로 귀를 막고 의자에 앉았다. 과연, 귀를 막으니 아무 소리도 들리지 않는군. 대통령은 스스로가 자랑스러웠다. 혹시 나는 천재가 아닐까, 아니 천재가 분명한 것 같다 그렇게까지 생각이 미치자 대통령은 흐뭇한 듯 미소를 지었다.

"각하! 괜찮으십니까?!"

"테러입니까? 테러범! 테러범!"

비서실장과 경호실장이었다. 커다란 방귀 소리를 테러 소리로 착각해 대통령을 찾아온 것이었다. 대통령은 귀를 막고 있느라 그 둘의 말을 듣지 못했다. 다만 무슨 일이기에 이리 소란을 떠는 거냐 싶어 비서실장과 경호실장을 한심하다는 듯 쳐다보고만 있을 뿐이었다. 비서실장은 아무리 큰 소리를 외쳐도 대통령이 귀를 막고 있는 것이 이상했다. 경호실장은 대통령이 귀를 막고 있으면 더 크게 외치면 된다는 듯 테러입니까, 테러입니까 고함을 멈추지 않았다. 보다 못한 비서실장이 대통령의 손을 귀에서 잡아떼었다.

"각하, 저희 이야기는 들어주셔야지요!"

"아, 그렇지. 으허허허."

비서실장과 경호실장은 그 말이 대통령이 한 것이 아니라 대통령의 방귀 소리라는 것을 깨닫고 경악했다. 이것이 정녕 인간의 방귀 소리란 말인가. 대통령의 항문은 지친 나머지 우레 같은 방귀를 멈추었다. 흔들리던 창문들도 곧 멈추었다. 갑작스레 정적이 찾아들었다. 경호실장은 각하는 속이 얼마나 깨끗하신지 이렇게 방귀를 뀌셔도 냄새가 나지 않을까 하며 감탄했다. 사실은 대통령 입 냄새가 방귀 냄새보다 심했기 때문에 눈치채지 못했을 뿐이었지만. 비서실장은 이 틈을 타 항문과의 대화를 시도했다.

"저…각하의 항문님? 뭐가 불만이시지요?"

항문은 점잖게 대답했다.

"대통령의 사보타주가 불만이다."

"각하께서 무슨 사보타주를 하셨다는 것입니까?"

대통령은 궁금했다. 사보타주가 뭐지. 경호실장을 바라보았다. 경호실장은 해맑은 미소를 대통령께 보여드렸다. 그 미소는 대통령이 방귀를 뀌고 싶게 만들었다. 대통령은 불편해진 속을 다스리며 경호실장에게 속삭였다.

"이봐. 사보타주가 뭐지?"

경호실장은 계면쩍게 웃으며 속삭였다.

"전 팝송은 듣지 않습니다."

"사보타주는 일종의 태업을 말합니다. 노동쟁의의 일환으로 태만하게 일하면서 능률을 저하시키는 것이지요. 공장 기계나 제품을 고의적으로 망가뜨리는 것까지 포함되니 단순 태업은 아닙니다마는."

대통령은 화가 났다. 회의 시간마다 딴생각하고 몰래 졸고 인터넷으로 포르노 사진 검색하는 것으로 때우기는 하지만 언제나 성실히 회의에 나갔기 때문이다. 무슨 태업을 말하는 거냐. 그리고 내가 태업을 하든 말든 왜 내 항문이 나한테 화를 내냐. 아니, 누가 감히 나한테 화를 내냐. 대통령은 역성을 내며 항문에게 나는 태만하게 일을 한 적이 없다고 외쳤다.

"아니다. 대통령 너는 사보타주를 했다."

"사보타주? 뭐에 대한?"

"나에 대한."

"내가? 화장실에 자주 가지 않은 것? 그건 공무를 처리하느라 바빠서 그렇지."

"아니다."

"그럼 뭐!"

"왜 멀쩡한 항문은 내버려두고 입으로 똥을 싸느냐? 이는 항문에 대한 사보타주다."

내가 입으로 똥을 싼다고? 대통령은 비서실장과 경호실장을 바라보았다. 비서실장은 난처하다는 표정을 지었고 경호실장은 예의 그 속 거북하게 만드는 미소를 지었다.

"어떻게 너는 5개월 동안 단 한 번도 화장실에서 대변을 보지 않은 것에 의구심을 갖지 않는 것이냐? 이게 다 네가 내가 쌀 똥을 몽땅 다 입으로 쏟아내니까 내가 똥을 싸고 싶어도 못 싸는 것 아니냐?"

뭐야? 전임 대통령 때문이 아니었나? 대통령은 이해가 가지 않았다. 어쨌든 항문과 꽤 긴 이야기를 할 필요가 있는 듯싶었다. 대통령은 항문과 직접 대화를 하기 위해 바지와 속옷을 벗었다. 그러나 대통령의 눈에 항문은 보이지 않았다. 어떻게 된 일일까, 대통령은 깜짝 놀랐다.

"야! 항문은 없고 왜 좆이 있냐!"

"각하! 괜찮으십니까?!"

"이 새끼야 항문이 뒤에 달렸지 앞에 달렸냐!"

항문은 미칠 지경이 되었다. 바보인 줄은 알고 있었지만, 이 정도일 줄이야. 대통령은 항문에게 들키지 않게 경호실장에게 속삭였다.

"야. 앞이 좆이야?"

경호실장은 급히 바지를 내리고 아래를 내려 보았다. 좆이었다.

"네, 좆인 것 같습니다. 하지만 각하. 좆이 앞에 있다고 항문이 뒤에 달렸다는 이야기는 아니지 않습니까?"

"그럼 너 바지 내리고 뒤로 돌아봐. 내가 봐줄게."

"역시 각하!"

정말이지 역시 각하였다.

항문과의 대화를 위해 대통령은 업무실 책상 위에 올라가 바지를 깠다. 그다음 개처럼 엎드려 관료들에게 자신의 항문을 까 보였다. 비서실장과 경호실장은 뚫어지게 대통령의 항문을 쳐다보았다. 윤기 나던 대통령의 항문은 새빨갛고, 군데군데 심하게 헐어 있었다. 치질 전문의가 아니더라도 보는 이라면 누구나 개탄할 만큼 헐어 있는 항문이었다.

"너 새끼! 너 빨갱이지? 왜 항문이 새빨개!"

"에라, 그럼 항문이 시파란 새끼도 있냐?"

경호실장의 질문에 항문은 어이가 없어 하며 답했다. 경호실장은 허를 찔린 듯 항문을 노려보았다. 저 새끼는 고도의 빨갱이군. 훈련받은 놈이 틀림없어. 경호실장은 확신했다. 경호실장을 한심한 듯 바라보던 비서실장은 반박할 점을 하나 발견했다. 분명 대통령의 이야기대로라면 대통령의 항문은 대통령 당선 이후 한 번도 사용한 적이 없다. 그러나 어째서 이렇게 심하게 헐어 있는 것일까?

"각하께서 입으로만 똥을 싼 것이 맞나? 그랬다면 왜 항문이 헐어 계시지? 너 정치적 배후에 대해서 말해!"

"물타기 좀 작작 해라. 그리고 내가 이렇게 헐어 있는 건 늬들이 하도 대통령 항문을 핥아대니까 그렇지! 그리고 입으로만 똥을 싼 게 문제냐? 입으로 똥을 쌌다는 것 자체가 문제지! 그리고 살다 살다 항문에 배후 있다는 이야기는 처음 들어본다!"

비서실장은 부끄러워 대답을 못 했다. 비서실장도 다 알고 있는 사실이었기 때문이다.

대통령이 그사이 개처럼 엎드려 항문을 까고 있던 것만은 아니었다. 대통령은 자신의 책상 서랍에서 이 난국을 타개할 만한 물건이 없나 뒤지고 있었다. 항문이 비서실장과 경호실장들과의 대화에 정신이 팔린 사이, 자신의 항문을 처리할 음모를 짜고 있던 것이다. 이것저것 뒤진 결과, 대통령은 썩 괜찮은 물건을 발견했다.

"…그렇기에 나는 더 이상 너희들의 어리석은 태도를 보아 넘기기만 할 수…크업?!"

"으허허허!"

비서실장과 경호실장에게 설교를 늘어놓던 항문은 입을, 아니 항문을 닫을 수밖에 없었다. 대통령이 커다란 딜도를 항문에 쑤셔 박은 것이다. 항문은 터질 것 같은 충격을 받았다. 대통령은 크나큰 고통에도 폭소를 터뜨렸다. 항문이 조용해졌기 때문이다. 못된 놈, 못된 놈, 감히 대통령에게 항문이 훈수를 둬?

대통령은 항문에 꽂은 두꺼운 딜도를 살살 돌렸다. 그리고 더 깊숙이 쑤셔 박아 넣었다. 항문과 장에 알싸한 고통과 쾌감이 번졌다. 스위치 온! 딜도는 전동음을 내며 빙빙빙 돌아가기 시작했다. 대통령은 신이 났다.

"이놈! 이 못된 놈! 이 더러운 놈! 감히 나한테 설교를 해? 어떠냐? 좋지? 좋지? 딜도 하나 꽂아주면 좋아 가지고 닥치고 있을 놈이 감히! 하나 더 쑤셔주랴? 이 더러운…커헉!"

대통령의 조롱은 얼마 가지 못했다. 어마어마한 고통이 그의 항문을 습격했기 때문이었다. 콰직. 콰직. 무언가 부서지는 소리가 들리더니 재차 작은 방귀가 새어 나왔다. 뭐가 어떻게 된 일일까, 대통령은 뒤를 돌아 관료들을 바라보았다. 그 둘은 경악에 가득 찬 눈빛으로 대통령의 항문을 바라보고 있었다. 대통령의 항문이 그 커다란 딜도를 우걱우걱 씹어 먹고 있었던 것이다.

"나는 항문이다. 똥을 싸는 존재다. 이는 더러운 일이 아니다. 부끄러운 일도 아니다. 사람이 사람으로 태어나 똥을 싸는 것은 너무나 당연한 일이기 때문이다. 살기 위해서 생물체는 무언가를 먹을 수밖에 없다. 그리고 무언가를 먹는 이상 먹은 것을 소화하고 배출하는 것은 필연적인 일이다. 그렇기에 나는 내가 항문임에 어떠한 실존적 아쉬움도 없다. 하지만 작금의 상황에 나는 개탄한다.

항문이 똥을 싸는 존재인 것은 당연한 일이다. 하지만 입은 다르다. 입이 밥을 먹거나 물을 마시기도 하는데 쓰는 존재라서만이 아니다. 입은 말을 하는 곳이다. 말은 사람을 사람답게 하는 것이다. 말을 하는 것이 바로 사람을 사람으로서 자리 잡게 만드는 것이다. 하지만 대통령은 이를 의도적으로 방기했다. 그가 하는 말은 말이 아니다. 똥이다. 앞뒤가 맞고 모순이 없어야 말인데 대통령은 그렇지가 않다. 그런 말은 말이 아니라 똥이다.

그렇다. 대통령은 입으로 똥을 싼다. 이는 엄연히 인간으로서의 자격을 저버린 일임과 동시에 나 항문에 대한 명백한 사보타주다. 똥을 항문이 아닌 입으로만 싸는 것까지는 그렇다고 치자. 그러나 대통령은 거기에 그치지 않았다. 자신의 아랫사람들 모두에게 나를 핥게 한 것이다. 아니, 나를 핥은 사람만 자기 아랫사람으로 만들었다. 대통령의 주변에는 대통령 항문 빠는 사람들밖에 없다. 나는 그들의 달콤한 말을 한다고 착각하며 독을 뿜어내는 혓바닥에 헐고 상처 입었다.

더욱이 대통령은 그들의 처사에 항의하는 나에게 사죄는커녕 30센티미터짜리 딜도를 꽂아 넣었다. 아직도 얼얼하다. 사보타주다. 대통령은 CEO를 자처했으면서도 일은커녕 공장 기계나 때려 부수는 사보타주를 하고 있다. 나는 그를 처단할 것이다. 자신의 직무를 방기한 대통령을 처단할 것이다. 나는 지금 헐고 있다."

곳곳에서 플래시가 터졌다. 항문이 보도진을 불러

회담을 가진 것이다. 대통령은 여전히 책상 위에서 개처럼 엎드린 채 항문을 까고 있었고, 각 언론사의 사진 기자들의 카메라는 대통령의 항문을 최대배율로 줌해서 찍었다. 기자들은 열심히 방귀 소리를 옮겨 적었다. 공중파 방송 역시 대통령의 항문 담화를 뉴스 메인으로 걸어 전국에 방송했다.

이런 대대적 방송이 가능했던 것은 항문이 대통령에게 보도진을 불러 방송을 하지 않으면 씹어버린 딜도 조각을 위장까지 역류시키겠다고 협박했기 때문이다. 어떤 진압부대도 대통령에게서 항문을 떼어낼 재주만은 갖지 못했다. 대통령은 동맹국 군대에까지 도움을 요청했지만 "항문 전문 병원 번호를 가르쳐드릴까요?"라는 대답만 돌아왔다.

항문은 기대했다. 이렇게까지 했는데 대통령이 계속해서 자신에 대한 사보타주를 하겠느냐고. 물론 착각이었다. 대통령은 엎드린 자세 그대로 기자들을 향해 입장을 표명했다.

"아무래도 오해가 있었던 것 같습니다. 저는 항문에게 제가 할 도리를 다했습니다. 저는 항문과의 소통을 위해 지난 5개월간 꾸준히 노력해왔습니다."

"30센티미터짜리 딜도를 꽂아 넣는 것도 소통이냐?"

"그렇기는 했습니다만 그게 그렇지가 않습니다. 오해입니다."

"어떤 오해를 하면 그렇게 되냐? 도대체 뭐라는 거야? 딜도 넣음 그게 폭력이지 소통이냐?"

"폭력이긴 한데 폭력이 아닙니다. 앞으로 열심히 할테니 믿고 지켜봐주십시오, 으허허."

기자들은 아무렇지도 않다는 듯 대통령 담화를 받아 적었다. 지난 5개월 동안 대통령의 헛소리에 단련되고 또 단련된 덕분이었다. 그들은 이제 콧방귀도 뀌지 않았다. 항문은 자기가 아무리 방귀를 뀌어도 대통령이 입으로 똥 싸는 것만 못하다는 사실에 분개했다. 항문이 분노의 방귀를 뀌려는 찰나, 저 바깥에서 경호실장이 뛰어 들어왔다.

"받아라, 이 더러운 빨갱이 항문아!"

촤아아아악! 굵고 강력한 물줄기가 방 안을 가로질렀다. 그렇다. 경호실장이 비데를 항문에 쏜 것이다. 거센 물줄기가 대통령의 항문에 직사로 쏘아졌다. 항문은 물의 압력에 숨도 쉬지 못했다. 하도 여당, 언론, 각료와 관료들이 핥고 빨아댄 탓에 헐어 있던 항문은 직사로 쏘아진 비데에 그만 피를 토하고 말았다. 항문은 잔방귀를 계속해서 뀌어댔다. 비데 물줄기가 독했다.

경호실장이 비데에 약을 타놓았기 때문이었디. 항문은 기절했다.

대통령의 항문이 약을 탄 비데에 맞아 기절하는 모습은 전국에 생중계로 방송되었다. 여느 때와 같이 분노하는 국민은 분노했고, 무시하는 국민은 무시했으며, 대통령 항문을 핥는 국민은 항문을 핥았다. 개중에는 과연, 역시 대통령 각하의 항문은 주름이 많고 뚜렷한 데다 털이 많이 나 있어 보기가 매우 좋다며 감탄하는 이들도 있었다. 이런 어처구니없는 폭력이 생중계되었음에도 언론의 물타기와 함구 때문에, 또 대통령이 이미 벌려놓은 큼지막한 골칫덩이들 때문에 나라는 새삼스레 조용했다.

기절에서 깨어난 항문은 다시 기절하고 싶었다. 자신의 정당한 권리행사에도 불구하고 아무것도 바뀌지 않았으며 항문은 예전보다 더욱 크게 멍들었다. 항문은 인터넷을 뒤지며—항문의 요구로 대통령이 바지를 까고 의자 앉는 부분에 얼굴을 박은 상태에서 항문을 모니터를 향해 올려놓는 고난도의 체위를 함으로써 가능했다—자신의 이야기를 찾아보았지만 대형 커뮤니티의 사용자처럼 개인들, 시민들에 의해서만 화자되었지 주요 언론사에서 항문의 방귀는 씨알만큼도 다루지 않았다. 항문은 절망했다.

"으허허허. 다 그런 거다."

대통령의 말에 뿌엑, 뿌익, 뿌지지직, 괴상하고 소름 끼치는 방귀 소리가 관저를 가득 메웠다. 대통령이 비웃자 항문은 미쳐버린 것이다. 항문은 더 이상 대통령이 입으로 똥을 싸는 모습을 지켜볼 수 없었다. 고상하고 우아한—그러니까, 대통령보다는 그렇다는 이야기다—항문의 섬세한 신경은 대통령같이 무능한 돌대가리를 견딜 수 없었다. 뿨익! 뿨이이익! 뻬요요오옹! 항문의 방귀 소리는 더욱 더 끔찍한 것으로 변해갔다.

"닥쳐! 닥쳐! 먹어버릴 거야! 다 먹어버릴 거야!"

항문은 더 이상 대통령이 입으로 똥 싸는 소리를 듣고 싶지 않아 고함을 질러대었다. 잔인한 광경이 연출되었다. 항문이 대통령을 먹기 시작한 것이다. 쮸우우움, 쮸우움, 쮸움, 항문이 공기를 빨아들이자 대통령의 엉덩이가 항문에 빨려 들어갔다. 마치 공에 구멍하나를 뚫어놓고 공을 그 구멍을 중심으로 뒤집으려는 것과 같았다. 미쳐버린 항문이 쉴 새 없이 빨아들인 탓에 대통령의 엉덩이 한 짝이 순식간에 항문에 빨려 들어갔다.

탕! 탕! 탕!

총성이 대통령 관저를 꿰뚫었다. 미친 항문의 방귀 소리에 경호실장과 비서실장이 대통령을 찾아왔고, 대통령의 엉덩이를 빨아먹는 항문을 본 경호실장이 야수의 심정으로 유신의 항문에 총알 세 방을 박아 넣은 것이었다.

"흥, 더러운 빨갱이 항문놈. 더 이상 방귀를 뀌지 못하겠지. 각하, 괜찮으십니까? 항문은 제가 처리했습니다. 이젠 아무 걱정 마십시오."

경호실장은 의기양양하게 외쳤다. 그러고는 대통령의 치하를 기다렸으나 대통령은 아무 대답이 없었다. 애초에 항문에 총알이 세 방이나 박히고도 살아 있을 수 있는 인간은 아무도 없다. 대통령은 그만 숨지고 만 것이었다. 대통령은 개처럼 누워 항문을 까놓은 채 죽고 말았다. 임종의 순간 대통령은 입안 한가득 똥 무더기를 물고 있었다. 그렇게 똥 무더기를 문 입술 사이로 똥물이 줄줄 새어 나오는 대통령의 얼굴은 어딘지 행복해 보이는 미소를 띠고 있었다.

"세상에 이런 변이 있나…."

비서실장은 탄식했다.

삶의 의미

인간이 태어난 이유는 무엇인가. 우리의 궁극적인 목적은 어디에 있는가. 오늘은 여러분께 이에 대한 답을 알려드리고자 합니다. 모두가 한 번쯤은 궁금해하면서도 어느새인가 잊어버리고는 하는 질문이고 저는 그편이야말로 건강하다고 생각합니다만, 인류사에 있어 미증유의 재난을 겪게 된 지금, 저는 여러분들께 이 질문에 대한 이야기를 해드릴, 이 질문에 대해 제가 알고 있는 답을 알려드릴 필요성을 느꼈습니다. 여러분의 목사로서, 동료 시민으로서, 동족으로서의 의무가 있기 때문이지요. 어떻게 제가 이 질문의 답을 알고 있느냐고 불신하실 분도 계시겠지요. 하지만 조금만

들으시면 바로 저의 이야기의 진실성을 알게 되실 것입니다. 저의 이야기를 통해 대답을 얻는 분들도 계시겠지만, 오히려 더 큰 질문을 얻는 분들도 계실 겁니다. 아니, 어쩌면 이 모두를 다 얻는 분들이 더 많을 것 같군요. 그리고 저의 이야기를 통해 무엇을 얻으시건, 또 믿건 믿지 않으시건, 오늘 제가 여러분께 말씀드릴 강론의 내용은 실제의 경험을 하나의 거짓됨 없이 전달하는 것임을 맹세합니다. 이 이야기의 진실됨을 저희의 창조주이신 주님의 이름으로 약속드리니 부디 이 강론이 여러분의 삶에 위로가 될 수 있기를 바랍니다.

이야기는 제가 아직은 치기로 가득해서 철없이 세상 곳곳을 돌아다니던 20대 시절부터 출발합니다. 당시 저는 성직에 복무하라는 아버지의 강요에 반발하여, 주머니에 푼돈만 갖고 집을 나와서 온갖 종류의 노름에 빠졌습니다. 아버지는 제가 종국에는 신을 마주하게 될 것이라고 하셨지만, 그때의 저는 아버지의 말씀을 귓등으로도 듣지 않았습니다. 도박장의 양아치들과 어울리고 만만한 호구들의 지갑에서 털어낸 돈으로 온갖 유흥을 즐겼습니다. 술과 담배처럼 아기

자기한 기호품에 머무르지 않고, 공적인 자리에서 말씀드리기 어려운 약물에도 가끔 손을 대고는 했지요. 그리고 이 모든 것은 그저 주님의 품에 귀의하지 않고자, 인간이 태어난 이유 따위란 존재하지 않으며 오로지 나의 자유의지만이 있을 뿐이라는 저의 교만한 불신을 정당화하고자 저지른 객기에 불과했습니다. 젊음이란 오만한 것입니다. 아니, 오만한 것이 바로 젊음입니다. 둘은 나뉘지 않는 이음동의어지요. 그리고 저는 그때 과하다 싶을 정도로 젊었습니다.

당시 제 지갑에는 돈이 많았습니다. 그에 비교하자면 저의 오만함은 겸손해 보일 정도였습니다. 도박장에는 온갖 종류의 투기로 떼돈을 번 졸부들이 호구로 줄을 이었으니 지갑이 빌 틈이 없었습니다. 저는 어린 시절에 이모로부터 카드 게임의 정석을 배운 데다 도박판의 호구를 잡아먹는 양아치들과 어울리는 방법을 체질적으로 타고났습니다. 가출 후 한 주 정도 하우스에서 숙식을 해결하며 사귄 친구들을 통해 얻은 정보를 조합해 도박판에 들어온 초짜들을 등쳐먹기 위한 저만의 필승법을 정립한 뒤에는, 돈을 한겨울 설산에 쌓인 눈만큼이나 땄을 정도였으니까요. 그 방법이란 바로 상대방의 눈을 바라보는 것이었습니다. 어지간히

훈련된 도박사가 아닌 이상에야, 패를 쥔 사람의 눈동자에는 반드시 참과 거짓이 스쳐 지나가기 마련입니다. 특히나 판돈이 많은 것만이 무기인 호구들의 경우에는 특히 더 그러합니다. 어디에 시선이 향하는지, 언제 눈을 깜빡이는지, 어떤 눈빛이 되었는지에 대해 파악하면 그 사람들의 지갑 속에 든 돈은 모조리 제 차지가 되었습니다. 극단적인 경우로는 제 손에 쥐어진 패는 쳐다보지도 않고서 상대의 눈동자를 바라보는 것만으로 승리한 적도 있을 정도였습니다.

하지만 돈을 벌 만큼 버니 그저 지루함만이 남았습니다. 아시다시피 설산의 눈이야 봄이 오면 다 녹아버리는 허망한 것이 아니겠습니까? 저는 도박으로 번 돈이 언제라도 사라질 수 있는 것임을 도박판에 앉기 전부터 알았습니다. 한심하게 도박에서 질지 모른다고 생각해서가 아니었습니다. 도박판의 생리는 돈을 따서 나가는 사람이 없게 구성되었다는 것을 알았을 뿐입니다. 도박으로 번 돈은 다른 도박이나 마약 혹은 유흥으로 다 탕진하는 방법 외에는 도박장 바깥으로 가지고 나갈 수 없는 법입니다. 저 세 가지 방법을 따르지 않고서 돈을 들고 도박판을 떠나려고 한다? 그럴 경우에는 도박판의 주먹꾼들에게 털리고 말 것입니다.

도박판의 돈은 어떻게든 도박판에 남는 법입니다. 도박판의 돈은 장난감 은행의 돈과 같습니다, 얼마나 많은 돈을 쥐었건 현실로는 들고 돌아올 수 없으니까요. 저 역시 그 생리에서 예외가 될 수는 없었습니다.

저는 도박에서 재미를 잃은 뒤, 마지막으로 아주 큰 한판을 펼치기로 했습니다. 호구들을 뺀, 진짜배기들만 모아놓고 극한의 진검승부를 벌이자고 주변에 바람을 넣었지요. 그리고 아까 말씀드렸다시피, 저는 도박판의 양아치들과 어울리는 법을 태생적으로 익히고 태어난 사람이었습니다. 사교적이며 화술도 좋고 돈까지 잘 쓰는 제 주변에는 제법 솜씨 있는 도박꾼들이 많았습니다. 이 친구들은 저의 제안에 흔쾌히 응하고는 진검승부의 '그날'을 잡았습니다.

짐작하셨겠지만, 제가 그 진검승부를 제안한 이유는 도박판에서 벗어나고 싶었기 때문입니다. 도박으로 딴 돈 대부분을 탕진한 사람들은 비웃음의 대상이 되지만 그 패배는 도박판을 떠나겠다는 신고식으로도 작동합니다. 도박판에서 번 돈을 고스란히 도박판에 돌려주는 것으로 일상에 돌아갈 기차표를 산 것이라고도 할 수 있겠군요. 그러니 어떤 도박꾼들은 판돈을 모두 잃은 패자를 동정하지 않고, 오히려 도박장을 나서는 그의 뒷모습을 부러움 속에서 바라보고는 합니다. 저 역시 그럴 생각으로 난다긴다하는 도박꾼들을 상대로 진검승부를 제안했던 것이고요.

결과부터 말씀드리자면, 제 작전은 대실패로 끝났습니다. 게임 중반까지는 예정했던 대로 소소하게 돈을 잃었습니다. 가끔은 저답지 않게 위기 상황에서의 큰 배팅으로 주변을 놀라게도 하며, 그저 술판에서 가볍게 벌어진 게임처럼 즐겁게 플레이했습니다. 하지만 이런 저의 페이스에 휘말려 저보다 돈을 먼저 탕진한 도박꾼이 있었습니다. 그리고 이 친구는 판돈을 다 잃었다는 사실에 격분한 나머지 가장 판돈을 많이 딴 친구에게 탕, 하고 총을 쏘아, 도박판은 난장판이 되고 말았습니다. 총을 쏜 도박꾼은 판돈을 들고 도박장에서 벗어나려 했으나, 건물 밖에 주차한 차까지 가지도 못한 채 정문에서 주먹꾼들에게 붙잡히고 말았습니다.

모든 도박장이 그러한 것은 아닙니다만, 제가 발을 담근 도박판은 게임을 하다 피를 보는 경우에는 게임을 이렇게 처리합니다. '도박꾼들은 판돈을 돌려받는 대신 도박장에 협조해야 하고, 사망자의 판돈은 그 사람에게 유족이 있으면 온전히 유족에게 돌아간다.' 하지만 사실 그런 경우는 잘 없고, 살인자의 판돈과 함께 도박장의 관리자들이 가져가게 됩니다. 사후 처리비용이라는 명분으로 말이지요. 또한 그 판에 끼었던 사람들은 암묵적으로 당분간 도박판을 떠나야만 했습니다. 그러지 않았다간 경찰들의 수사에 단체로 묶여 들어가게 될 테니까요. 그 때문에 저는 제가 탕진하고자 했던 돈을 고스란히 들고 도박판을 떠나게 되었습니다. 네. 저는 패배에 실패하고 말았던 것이었습니다.

제가 연 진검승부의 도박판에서 죽은 사람이나 죽인 사람이나, 저에게 있어서는 식구나 다름없는 사이였습니다. 저는 제가 도박판을 떠나고자 열었던 시합이 총성과 피로 막을 내렸다는 사실에 자괴감을 느꼈습니다. 그때부터 저는 운명에 대해 고민하기 시작했습니다. 신앙을 회복한 것은 아닙니다. 그보다는 저의 자유의지가 모든 것에 우선한다는 망상에 가까운 신념에 금이 간 나머지, 누군가의 인생이 기묘하게 겹친 우연에 의해 좌지우지될 가능성이 제가 예상한 것보다 훨씬 높겠다는 계산을 하게 되었다는 것이 조금 더 명확하겠습니다.

저는 친구들의 권고를 따라 해외로 나가기로 했습니다. 요즘이라면 모를까, 제가 젊었던 시절에는 경찰의 수사력이 국외까지 미치기가 어려웠으니 말입니다. 저는 그 시기에 구할 수 있는 가장 긴 일정의, 제일 비싼 크루즈 표를 구매한 뒤 배에 올랐습니다. 어린 시절에 부모님과 함께 크루즈 여행을 했을 때 저는 한껏 흥분해서 배 안을 이리저리 탐험하느라 바빴습니다만, 이번에는 그 서 총을 쏜 친구와 총에 맞은 친구의 운명에 대해 생각하지 않도록, 낮에는 수영장의 튜브 위에 누워 떠다니고 밤에는 바의 구석에 앉아서 들어본 적도 없는 이름의 술을 마셔댔을 뿐이었습니다. 내심 잘한 일이라고는 생각합니다. 해상여행은 술에 취한 해파리처럼 둥둥 바다를 떠다니기만 하면 그만이니까요. 그리고 운명의 그날에도, 제가 삶의 의미를 깨닫게 되는 모험에 뛰어든 그날에도 저는 바에 앉아서 술잔을 기울이고 있었습니다.

갑작스럽게 들릴 수 있겠습니다만, 저에게는 카드 도박 외에도 몇 가지 특기가 있습니다. 그중에서도 '오리가미'는 자격증까지 딸 수 있을 정도로 능숙합니다. 실제로 시험에 응시하지는 않았지만요. 네. 여러분, 종이접기에도 자격증이 있습니다. 하루 종일 도박장에 앉아서 시간을 흘려보내다 보면 온갖 잡기를 자랑하는 친구들을 만나기 마련이고, 저는 또 호승심에 불타올라 네가 보여준 재주는 별 게 아니며, 나는 몇 번만 시도해도 너희들이 하는 것보다 훨씬 더 잘할 수 있다고 주장했습니다. 그리고 그 주장은 결과적으로는 모두 사실로 증명이 되었습니다. 비록 몇 번만 시도하지 않고 몇천, 몇만 번을 시도해서 해낸 일이었지만요. 그리고 오리가미는 제가 그렇게 익힌 잡기 중 하나입니다.

종이접기는 손으로 하는 명상입니다. 저는 검치호나 노이슈반슈타인성 그리고 후한 시대 지동의처럼 이미 존재하는 교본대로 종이를 접는 것도 좋아했지만, 그때그때의 기분에 맞춰 눈앞에 놓인 물건의 모양대로 창작 오리가미를 접는 것을 더 좋아했습니다. 그리고 크루즈에 승선한 지 닷새 정도가 지났을 무렵에도 저는 바에 앉아서 평소의 버릇대로 냅킨을 집어 아무렇게나 모양을 만들었습니다. 컵, 술병, 안경, 구두, 재떨이, 파이프 등 제 눈길이 닿은 모든 물건을 티슈로 만들었습니다. 그러고는 즉흥적으로 만들었던 저의 장난감들을 휴지통에 버리려고 집어 든 순간, 조금 전까지 바텐더와 한담을 나누던 신사 한 분이 저에게 다가와 말을 건넸습니다.

"실례합니다. 선생님이 접으신 작품들을 잠시 구경할 수 있을까요?"

"마음대로 하십시오. 별 대단한 것도 아닌데요."

그 신사는 40대 중반의 남성으로 건장한 체구와 깔끔한 옷차림을 하고 있었습니다. 저는 당시에 도박판에서 지내다 보니 상대의 외견을 살펴보는 것으로 경제적 지위를 가늠하고는 했습니다. 당시 그를 보고서 제가 내린 견적은 간단했습니다. 측정 불가. 분명히 고급스러운 소재를 사용한 옷과 구두였지만 명품 브랜드에서 제작한 물건이 아니었습니다. 오로지 그 신사 한 명을 위해서만 디자인된 특수 제작품이었기 때문입니다. 그러면서도 어지간한 명품의 고가 상품보다도 더 세련되었고요. 저는 이만한 부자가 뭐가 신기하다고 제가 접은 종이접기를 보러 왔는지 반발심만 들었습니다. 부자가 천국에 들어가기란 낙타가 바늘구멍에 들어가는 것처럼 어려운 노릇이고, 당시에 저는 저를 천국의 주민으로 여겼습니다. 그러니 부자가 저와 친해지기 위해서는 카드판에 앉아서 돈을 다 잃어버려야만 했고요.

그가 저의 종이접기를 살피는 동안 저 역시 그 신사를 살폈습니다. 어딘가 낯이 익은 얼굴이기도 했기 때문이었습니다. 뒤늦게야 안 사실이지만, 그는 크루즈에 VIP로 초대된 손님으로, 배 위에서 진행된 행사에서 항상 상석에 앉았기에 제가 그를 익숙하게 여겼던 것이었습니다. 또 그가 워낙 다정다감하게 저를 대해 준 덕분도 있었겠습니다만. 어쨌든 그는 제가 접은 종이접기들을 정중하게 테이블에 되돌려놓은 뒤 명함을 한 장 건네며 인사를 했습니다.

"인상 깊은 작품이군요. 저는 W라고 합니다. 혹시 괜찮으시다면 제가 한잔 사고 싶은데, 지금까지 접으신 작품들에 관해 이야기를 나눌 수 있을까요?"

"상관없습니다."

신사가—아니, W가 건넨 명함에는 요즘 국내와 해외를 막론하고 뉴스에서 자주 거론되는 그 기업의 이사라는 직함이 적혀 있었습니다. 저는 이런 만남도 있구나, 하고 별다른 생각 없이 W에게 자리에 앉으라고 권했습니다. W와의 술자리는 즐거웠습니다. 그는 박학다식했고 교양이 넘쳤으며 시사에 밝았습니다. 예술과 문화에 깊은 조예가 있었습니다. 게다가 그 높은 취향의 탑에 갇혀 있지 않고, 당시의 저와 같은 무뢰배가 듣기에도 흥미진진하게 이야기를 이끄는 친화력도 갖추고 있었지요. 처음에 저는 W를 보면서 그저 돈 많은 한량이 술집에서 사람 우습게 보고 아무렇게나 말을 붙인다고 생각했으나, 다음 날 동이 틀 무렵에 W와 저는 선상에서 일출을 바라보며 삶과 운명에 내해 넋두리하고 있었습니다.

맑은 하늘 아래에서 수평선이 바다처럼 푸른 하늘과 하늘처럼 깊은 바다를 가로지르는 풍경을 뒤로 하고서 W와 서는 별별 이야기를 다 나누었습니다. 저는 고작 하룻밤 만에 W에게 제 인생사에 대해 낱낱이 고백하였습니다. 어린 시절의 추억, 아버지와의 불화, 신학대학교 진학에서의 충돌, 도박판으로의 진출과 총성으로 마무리된 진검승부의 장과 이어진 도피 생활까지, 모두 다 말입니다. 그리고 제가 이 크루즈에 오른 가장 근본적인 이유는, '인간이 태어난 이유는 무엇인가'와 '우리의 궁극적인 목적은 어디에 있는가'라는 질문에 다시 고민하고 싶어서라고 결론을 내리기까지 했습니다. 저는 저만 W에게 속내를 내비친 것이 부끄러운 나머지, W는 왜 이 크루즈에 타게 되었는지에 대해 질문했습니다.

"이 배의 저녁 만찬 테이블에 올라오는 냅킨의 접는 법이 독특하다고 들었거든요. 그걸 확인해보고 싶어서 티켓을 구매했습니다."

저는 W의 엉뚱한 대답에 그만 폭소를 터뜨리고 말았습니다. 아니, 사실 W처럼 세계에서 손꼽히는 대부

호라면 고작 그런 이유만으로도 가장 비싼 크루즈에 오르는 것이 부담스럽지 않기야 했겠지만, 그래도 우스운 대답이기는 했습니다. W는 농담기 없는 표정으로 주머니에서 손수건을 꺼내더니 다양한 방식으로 냅킨을 접어 보였습니다.

"이건 봉투접기. 편지 봉투처럼 모양을 잡았지요. 안에 깜짝 선물을 집어넣을 수도 있습니다. 이렇게 하면 휘장잡기. 위엄 있게 격식을 보여주기 좋습니다. 더블 다이아몬드. 제가 좋아하는 모양은 아닙니다만 재단선에 맞춘 그림을 담는 경우가 있습니다. 다음으로는 바짓주머니접기. 여기 사선으로 된 모양에는 나뭇잎이나 꽃을 꽂아두면 접시 위에 단정함은 남겨놓으면서도 맵시 또한 살아납니다. 제가 개인적으로 가장 선호하는 방식이기도 하지요. 그 외에도 나비접기, 접시덮기, 다이아몬드 봉투접기, 노끈접기, 나뭇잎접기…"

W는 와인을 따르는 소믈리에처럼 우아하고도 부드럽게 손가락을 놀리며 손수건의 모양을 다양하게 바꾸었습니다. 그 손놀림은 한두 번 연습해본 솜씨가 아니었습니다. 저는 실실 웃으며 주머니에서 손수건을 꺼내 전날 저녁에 보았던 만찬장의 냅킨 모양대로 접어서 W에게 건넸습니다. W는 저처럼 미소를 짓고서

는 그 냅킨을 받아 챙겼습니다. 그날 이후로 W는 제 인생의 멘토이자 은인이며 가장 가까운 벗이 되었습니다.

항해를 하는 동안에 저와 W는 밤마다 어울려 다녔습니다. 크루즈 안에는 W와 친분이 있던 귀속이나 사업가들로 가득했고, 그 사람들로부터 받은 명함을 정리하는 것만으로도 제 서랍장에 자리가 모자랄 지경이 되었습니다. 저는 W의 말동무가 되어 온갖 연회장과 파티 테이블을 돌아다니며 술자리의 흥을 돋우었습니다. 말씀드렸다시피 저는 도박판의 호구 잡아먹는 양아치들과 어울리는 방법을 체질적으로 타고난 사람이었고, 사교계 역시 도박판과 다를 바 없이 호구와 호구 잡아먹는 양아치들로 가득했습니다. 그저 도박판에서는 칩을 쌓고 카드를 돌리면서 게임을 진행했다면 사교계에서는 자본을 놓고 인맥을 돌리면서 게임을 진행한다는 정도의 차이만 있을 뿐이었습니다. 제가 W를 보조하는 역할이었으니 저는 W의 판돈과 패를 들고서 그 게임에 참가한 셈이었습니다. 판돈이 많고 패가 좋으니 지고 싶어도 질 수가 없는, 무척이나 손쉬운 게임의 연속이었습니다.

저는 이렇게 크루즈에 승선한 동안에 W의 게임을

도우면서 W가 어떤 사람이고 어떻게 살아왔는지에 대해 알 수 있었습니다. 이 자리를 빌려서 그에 대해서도 설명해드리려고 합니다만, 이는 그 사람의 삶을 가십으로 소비하고자 함은 아닙니다. 그보다는 여기에서 여러분께 그의 인생사에 대해 미리 공유를 드리는 편이, 이후에 제가 말씀드릴 본론에 대한 이해를 도울 것이기 때문입니다.

W는 여러분도 아시는 그 기업 총수 가문의 삼남이었습니다. W의 형제와 누이 들은 일찌감치 후계자 수업을 받아 자기 분야에서 한몫하고 있었습니다만, W는 이사라는 직함만을 달고 있을 뿐, 대외적으로 큰 업무를 맡고 있지는 않았습니다. 이는 재벌 가문들 특유의 혈통 문제 때문이었습니다. W를 제외한 W의 형제들은 모두 혼외자였습니다. 오로지 W만이 대기업과 대기업 사이의 정략결혼을 통해 태어난 정통 후계자였던 것입니다. 그리고 일반적인 경우라면 W만이 후계자 수업을 받을 자격이 있었겠습니다만, 문제는 그의 외가에는 대를 이을 손이 부족했다는 것입니다. 그러니 W는 친가만이 아니라 외가에서도 탐을 내는 순혈왕자였던 셈이고요. 이런 복잡한 정치적인 상황은 W가 어느 곳에도 소속되지 않고 경계를 받을지언정

그를 소외해서는 용납되지 않을, 오히려 모두가 그의 인정을 받아야만 하는 독보적인 지위로 이끌었습니다.

이 복잡한 상황은 W에게 있어서는 축복이었습니다. 재벌가는 체면을 수집하는 양봉장입니다. 자산이야 마음먹기에 따라서 무한정으로 키울 수 있는 것이니, 얼마나 잘났으며 대단한지를 겨루는 것만이 그네들의 유일무이한 관심사입니다. 그리고 체면을 수집하는 과정에서 W와 같은 순혈 혈통의 인물은 아무런 일을 하지 않더라도 그 밑의 사람들이 그를 위해 일하는 역할을 합니다. 덕분에 W는 골치가 아픈 경영에서 벗어나 자유로이 살더라도, 아니, 오히려 그렇게 해서만이 주변 사람들의 사랑을 받을 수 있었으니까요. 친가와 외가의 후계자들은 모두 W가 세계를 떠돌면서 파티에 참가하고 미식을 즐기면서 지내는 것을 응원하고 또 지원했습니다. 그렇게 해야만 그 사람들의 지위가 안정적으로 보장되었으니 말입니다. 그리고 어디까지나 이는 저의 짐작에 불과합니다만, 그의 친인척들이 W를 후원했던 이유는 그 사람들이 W를 경계하는 것 이상으로 그를 사랑했기 때문이라고도 생각합니다. W는 그만큼이나 매력적인 인물이었습니다.

그렇게 친가와 외가 쪽 두 기업의 전폭적인 후원 아

래, W는 교양을 키워나가며 문화계 사람들과 교류했습니다. 세계 곳곳의 음악가와 화가 그리고 문필가 들이 W의 도움을 받아 생활을 영유하며 작품 세계를 펼쳤고 말입니다. 덕분에 W는 어느 미술관에 가건, 어느 연주회에 참석하건 환영받았습니다. 예술가들은 W를 저녁 식사에 초대하기 위해 자신의 작품을 선물하기에 바빴습니다. W 역시도 사업가나 정치인 들의 요청에는 무심했으나, 예술가들과의 교류는 언제나 환영했습니다. 문화계 사람들은 W를 만만한 물주 따위로 취급하지 않았습니다. 그보다는 W를 문화계의 대변자이자 젊은 작가들을 위한 상담자에 큰 선생님으로 여겼습니다.

이쯤 되면 세상이 불공평하다 싶기도 합니다만, W는 가족 관계도 원활했습니다. 그의 아내는 법조계의 명사 밑에서 태어나 W와 어릴 적부터 사귀었던 사이로, 두 사람은 평생토록 금실 좋은 부부로 남았습니다. W와 그의 아내는 상호합의 하에 자식은 낳지 않았습니다만, 그의 아내가 운영하는 보호시설의 아이들은 그들을 낳아준 부모보다도 더 존경하며 믿고 따르면서 또 다른 형태의 가족으로 W를 의지하고 또 W의 의지가 되고자 했습니다.

W와의 교류가 길어지면 길어질수록, 저는 악의기 아닌 호기심에 의해 W에게 어떤 결핍이나 단점 혹은 콤플렉스가 있는지를 확인하고 싶었습니다. 세상에 이렇게까지 완벽한 사람이 존재한다는 사실을 믿을 수가 없었기 때문입니다. 그 때문에 저는 W의 옆을 지키고 그의 친구들을 만나면서도 내심 그에게서 실망하는 순간이 오기만을 고대했습니다. 하지만 W는 레스토랑의 종업원이 발을 헛디디는 바람에 수프를 접시째 그의 얼굴에 부어버렸을 때도 화를 내기는커녕 너무나 재밌는 해프닝이며 자신은 다치지 않았으니까 괜찮다고 두둑하게 팁을 건네며 웃어넘길 뿐이었습니다.

이렇게나 기나긴 항해 속에도 저는 W의 티끌만 한 결핍을 찾아내지도 못한 채 여행을 마무리하게 되었습니다. 마지막 항구에 닿을 날이 찾아온 것입니다. 저와 W는 하선과 함께 이별하기에 앞서, 바텐더의 양해를 구하고서 처음으로 만났던 바에 앉아 둘만의 술자리를 가졌습니다. 그리고 저는 그때 한심하기 짝이 없는 질문을 던졌습니다.

"W. 인간이 태어난 이유는 무엇이고 우리의 궁극적인 목적은 어디에 있을까요?"

다른 사람에게 던지기에는 낯부끄러운 질문입니다

만, 당시에 저는 W처럼 부족함 없이 인생을 살아온 사람이라면 제가 평생을 안고 지냈던 의문에 대해 답해줄 수 있지 않을까, 하고 막연한 기대를 품고 있었습니다. 저는 마치 흡혈귀의 집사가 흡혈귀를 모시고 숭배하면 언젠가는 그가 자신도 흡혈귀로 만들어줄지 모른다는 희망 속에서 그의 곁을 지키는 것처럼 W를 따랐던 것이지요. W는 저의 이 유치한 질문에 난감하다는 듯 미소를 지었습니다. 저는 그때 처음으로 그가 곤란함을 감추지 못하는 모습을 보았습니다.

"제가 어떻게 알겠습니까?"

이런 상황을 두고 운명의 장난이라고 하는 것이겠지요. W는 마지막의 마지막이 된 그 순간, 저에게 딱 한 번의 결점을 드러내고 말았습니다. 아니, 결점이라는 단어는 어울리지 않는군요. 이 상황에는 빈틈이라는 표현이 더 어울리겠습니다. 제가 그의 거짓말을 알아차리고 만 것입니다. 네. 저는 내가 어떻게 알겠느냐며 말을 돌리는 W의 눈동자에서 거짓을 읽었습니다. 플러시를 손에 쥔 플레이어가 원 페어도 메이드하지 못한 척 속이려고 들 때의 그 눈빛을 제가 놓칠 리야 없었지요. 저는 W가 거짓말을 했다는 사실을 확신했습니다. 제가 도박으로 모은 돈 전부와 도박사로서의 명예를 걸 수 있을 정도였습니다.

하지만 저는 이미 W라는 사람을 너무나도 좋아하고 있기도 했습니다. 그렇기에 당신이 지금 나한테 거짓말을 하고 있지 않으냐면서 추궁하고 싶지 않았습니다. 현실적으로도 W가 인간이 태어난 이유는 무엇이고 우리의 궁극적인 목적이 무엇인지 알고 있다고 믿기 어려웠습니다. 저는 어찌 되었건 상관없는 일이라 생각하고는, 제가 또 실없는 이야기를 했다면서 웃으며 사과하고는 이별의 인사를 건넸습니다. W 또한 언제라도 자신을 찾아와달라면서 악수를 청했습니다. 저와 W, 둘의 인연은 그렇게 끝이 나는 듯했습니다.

저는 크루즈에서 내린 뒤 도박판에서 모은 자본과 배 안에서 얻은 인맥의 힘을 빌려서 자그마한 회사를 하나 차렸습니다. 당시는 졸부들이 쏟아지는 시기였습니다. 저는 그치들이 교양 어린 삶을 동경하는 점을 노려, W의 옆에서 곁눈질로 배운 재벌가의 라이프 스타일을 적당히 따라 하는 템플릿을 만들었습니다. 고급 식기부터 가구에 욕실용품까지, 팔아치울 수 있는 물건은 모두 다 비싼 값에 팔아치우는 전략이었지요. 사업은 적당히 잘 굴러갔습니다. 도박판과 사교계 생활에서 연마한 자질들은 사업에도 필요한 역량이었습니다. 제가 도박으로 번 돈이야 회사를 운영하기에는 많이 모자란 금액이기는 했습니다만, W와 지내면서 곁눈질로 익힌 시사 및 교양 지식과 그의 보증을 통해 얻은 인맥은 무척이나 든든한 자원이었습니다. 무엇보다 호구 같은 졸부들은 어디 공장에서 찍어내는 것처럼 쏟아졌으니 일감이 모자랄 일도 없었습니다.

놀랍게도 W와의 인연은 계속해서 이어졌습니다. 제 사업이 잘 풀린 덕분에 제가 저의 고객들보다 훨씬 더 큰 부자가 되었을 무렵, W는 어디에서 저의 소식을 들었다면서 직접 저를 찾아왔습니다. 그러고는 제 회사를 저와 부하들을 포함해서 통째로 사버리고 싶다는 것이었습니다. 저는 조건도 보지 않고서 바로 그 자리에서 계약서에 사인을 했습니다. W의 말동무이자 술동무로 지낼 수만 있다면, 제가 장난삼아 만든 회사 따위는 몇 개를 갖다버려도 아깝지 않았으니까요. 덕분에 W가 그 계약서에 적어놓은 액수는 저희 회사에 대한 시중의 평가보다 다섯 배는 더 많았다는 사실은 한참 뒤에야 알았습니다.

일은 즐거웠습니다. W는 제 회사에 단 하나의 요청만 했습니다. 그것은 바로 기존의 프로젝트는 현행대로 유지하되, 파티 컨설팅 팀을 추가하라는 것이었습니다. 저희의 사업과 크게 나르지 않은 분야의 업무였고, 사업 확장에 있어서 큰 어려움은 없었습니다. W 덕분에 투자금이 기존보다 열 배, 스무 배는 더 늘어난 상황에서 당연하다면 당연한 전략이었습니다. 저도 새로이 시작한 일에 재미를 붙였고요. 저는 분기마다 작성하는 보고서에 W와의 우정에 대한 감사의 인사를 담아, 추억에 대한 그리움에 약간의 유머를 담아 냅킨 접는 방법의 유행에 대한 동향까지 담아 제출했습니다. W는 가끔 저를 저녁 식사나 파티에 초대하고는 했고, 몇 번은 함께 크루즈에 올라 처음 만났던 그때처럼 여행을 즐기기도 했습니다.

그렇게 몇 년이 흐르고, 저에게도 행복이 찾아왔습니다. 아내를 만났고 딸이 생겼으니까요. 저는 그제야 답을 찾은 기분이었습니다. 인간이 태어난 이유가 무엇인지, 우리의 궁극적인 목적이 어디에 있는지를 알 것만 같았습니다. 제가 이 세상에 발을 디딘 이유는 제 아내를 만나기 위함이었고, 그 목적은 딸에게 행복을 안겨주기 위함이었습니다. 이러한 깨달음을 얻은 뒤로 제 인생에는 어떠한 의문도 남지 않았습니다.

가족을 갖게 된 이후로는 W를 자주 보지 못했습니다. W는 여전히 국내외를 넘나드는 세계적인 유명 인사였지만 저는 한 집안의 가장이었습니다. 가끔은 그와 어울리던 시절을 떠올리며 감상에 빠지기는 했습니다만, 한 자리에 정착하고 W와 멀어지게 된 현실이 내심 편하기도 했습니다. W를 만나면 일이 늘어나니까요. 일이 늘어나면 아내와 딸과 함께할 시간이 줄어들고요. 어느새 저는 새로운 일을 찾아 나서기보다는 주어진 일을 적당히 가공해서 정리하는 수준에 머물렀습니다. 가족과 지내는 데 불편함이 없을 정도의 돈만 있으면 충분하다고 여긴 덕분이었습니다. 반면 W는 그 평생 동안 한 번도 멈추지를 않았지요. 언제나 세상을 유랑하였고, 저에게 참고하면 좋겠다며 최근의 파티 컨설팅 시장 흐름을 분석한 보고서를 보내는 정도로 소식을 주고받았습니다. 저는 저대로, W는 W대로 각자의 행복을 좇을 수 있도록 응원하는 마음으로 지냈습니다.

그리고 그 행복은 싸구려 디스코의 마지막 멜로디처럼 갑작스럽고도 빠르게 끝이 났습니다. 아내와 딸이 교통사고로 그만 세상을 떠나고 만 것이지요. 저는 실의에 빠져 아무런 일도 하지 못했습니다. 아침에 해가 뜨면 아내와 딸의 유골을 묻은 나무로 찾아가 그 옆에 기대앉아 하늘을 바라보다 밤이 오면 집으로 돌아가기를 반복했습니다. 슬픔은 바다입니다. 저는 슬픔에 젖고 그에 잠기다 못해 익사할 것만 같았습니다. 저는 그 수면 위로 떠오르기 위해 근처에 떠다니는 부유물을 어떻게든 붙잡더라도 살아남고자 발버둥을 치는 표류자였습니다.

　회사는 그만두었습니다. 제 안위를 걱정한 친구들이 가끔 찾아오고는 했지만 저는 아무도 만나고 싶지 않아 자리를 피했습니다. 다만 W가 헌화를 하러 왔을 때만큼은 그 옆에 남아 있었습니다. 그가 저에게 있어 여러모로 은인이기는 하지만 그 때문은 아니었습니다. 지친 저에게 단 한 마디도 건네지 않았다는 것, 오로지 그 사실만이 제가 W를 피하지 않은 유일한 이유였습니다. W는 품에서 꽃 한 송이를 꺼내고는 아내와 딸에게 바친 뒤 아무런 말 없이 제 곁을 지켜주었습니다. 그런 그 역시도 자리를 뜨기 전에는 저에게 무언가 한 마디를 하려는 듯했습니다. 저는 고개를 돌려 그를 외면했습니다. W는 제 의중을 이해하고는 바로 자리를 떠났습니다. 제가 그와 대화하고 싶지 않았던 이유는, W가 다른 친구들처럼 한심한 위로를 할 것이라 생각해서는 아니었습니다. 아마 그보다는 저의 본능이 그렇게 하라 속삭였기 때문일 것입니다. 그의 입에서 무슨 이야기가 나올지는 모르겠으나, 당시의 저로서는 그 내용을 견딜 수 없을 것이라는 직감이 저를 사로잡았다고나 할까요.

W와 헤어진 뒤, 불현듯 젊은 시절에 아버지께서 제게 해주셨던 말씀이 떠올랐습니다. 제가 종국에는 신을 마주하게 될 것이라는 그 말씀을요. 아버지께서는 방탕한 아들을 저주하고자 하신 이야기였겠지만, 당시의 저에게는 신학대로 돌아가게 된 가장 큰 계기가 되었습니다. 아내와 딸을 잃은 저에게, 태어난 이유에 어긋나고 궁극적인 목적을 놓쳐버린 저에게 신은 최후의 도피처이자 안식처였습니다. 제가 죽은 뒤 아내와 딸을 다시금 만날 가능성이 아주 조금이라도 있다면, 무엇이라도 해야만 했습니다. 네, 압니다. 저도 키르케고르를 읽었고 칸트를 읽었습니다. 신학이 쌓아 올린 학술적 논의의 방향성을 모르거나 무시하는 것이 아닙니다. 우리 교단에서 제시하는 목표를 부정하는 것도 아닙니다. 종교인의 사후세계에 대한 맹신을 척수반사적으로 조롱하는 사람들에게 약점을 붙잡히려고 안달이 난 것은 더더욱 아닙니다. 다만 그럼에도 불구하고, 마음 한구석의 도박꾼으로서의 피가 저를 신에게 이끌었다는 사실을 부정할 수는 없습니다. 아내와

딸을 다시금 만날 가능성이 있다면, 세가 이 판에서 승리할 수 있는 유일한 방법이 그것이라면 저는 제 남은 판돈을 다 쏟아부어야만 한다는 도박꾼의 논리가 저를 종교로 이끌었습니다. 제가 사업가의 길을 접고 이렇게 단상에 서서 20여 년에 걸쳐 여러분에게 신앙을 설파하게 된 것은 제 인생에 있어 가장 불경하고 속물적인 선택이었던 것입니다.

오래 기다리셨습니다. 이제 본론을 말씀드릴 수 있겠습니다. 얼마 전의 일입니다. 저는 옛 지인으로부터 W가 곧 죽을 것이라는 소식을 들었습니다. 긴 세월 동안 왕래가 없었습니다만 저는 W를 만나고 싶었습니다. 그 사람은 제 청춘의 은인이자 아내와 딸을 기억하고 있는 몇 안 되는 사람이기도 했으니까요. 저는 W의 연락처를 수소문해 그의 저택을 찾았습니다. 다행히 W도 저를 기억하고 있었으며 제 방문을 반겼습니다. 저희는 티타임을 가지면서 그간의 안부를 나누고 기억 속 가장 깊숙한 곳에서 오래도록 묵은 추억을 꺼내서 찻잔 옆에 올려놓았지요. W는 노인이 되었지만 여전히 젊은 시절의 그 생기를 간직하고 있었습니다.

"곧 돌아가신다는 소식을 듣기는 했지만 믿기지 않는군요. 10년은 정정하실 것 같습니다."

"맞습니다. 하지만 저는 곧 인생을 마감합니다."

"의학적 절차를 밟으실 생각이십니까?"

"아닙니다. 하지만 제가 그렇게 정했으니까요."

W는 옅은 미소를 지으면서 저를 바라봤습니다. 저도 W를 바라보며 웃었습니다. 오랜 친구 사이에는 입밖으로 꺼내지 않더라도 직감하게 되는 것들이 있으니까요.

"저는 당신이 저의 거짓말을 눈치챘다는 사실을 알고 있었습니다. 하지만 몇 가지 이유로 당신에게 진실을 밝히지 못했지요. 그저 미안할 따름입니다."

"괜찮습니다."

"또한 저에게 무언가 큰 비밀이 있다는 사실을 눈치채셨으면서도 아무런 추궁도 하지 않고 그저 인내하신 우정에 감사하고 있습니다."

"대단한 일은 아니었습니다."

W는 긴장 속에서 말을 꺼낼까 말까 고민하는 모습이었습니다. 저는 그에게 어차피 나는 이미 나만의 이유와 목적을 찾았으며 여기에 만족하고 있으니 당신이 어떤 이야기를 해도 괜찮다, 편하게 말해도 좋다, 라고 설득했습니다. 네. 저는 W가 인간이 태어난 이유와 우리의 궁극적인 목적이 무엇인지 알고 있다는 사

실을 알았고 W는 제가 그 사실을 알고 있다는 것을 알고 있었습니다. W는 세상을 떠나기 전에 저와의 우정을 위해 그가 숨겨왔던 진실을 밝히기로 결심했던 것이고 말입니다. W는 조심스레 입을 떼어 설명을 시작했습니다.

"이 세계는 저에게 있어 실제 현실이 아닙니다. 당신이 태어나고 자란 이곳은 39세기의 기술로 만들어진 가상현실입니다. 저는 가상현실의 삶을 체험하기 위해 이곳에 찾아온 이방인입니다. 제가 물적 조건에서 이상하다시피 유리하게 태어난 이유도 그 덕분이었습니다. 실제 현실의 사람들은 가상현실에 들어가기 전에 제 임무에 최적화된 환경을 마련하고는 합니다.

제가 가상현실에 들어오게 된 이유는 이 시대의 문화를 배우고자 함이었습니다. 39세기는 가상현실 기술이 발달해서 과거의 역사에 대해 알아야 할 정보가 있을 때, 책을 펼치는 것이 아니라 그 시대를 완벽하게 재현한 가상현실을 만든 뒤, 그 안으로 들어가서 당대 사람들의 삶을 직접 체험하는 것으로 해결하고는 합니다. 네. 저는 이방인인 동시에 관광객이자 견습생이라 할 수 있습니다.

그러니 외견이나 건강 면에서 모자람이 없는 육체

를 고르고, 사회적인 배경이나 금전적인 환경에서도 얼마든지 마음대로 움직일 수 있도록 유리한 가정에서 태어난 것입니다. 이 세계에서 저의 계급적인 안정은 누군가의 축복이 아니라 저의 편법으로 달성한 행복이었습니다. 저는 이 가상 세계의 주민들이 당연히 저를 사랑하도록 설계하였고 사람들은 그 설계에 따라 움직였을 뿐입니다.

대신 이것 하나만큼은 분명히 밝혀두겠습니다. 당신과의 우정은 우연에 의한 설계오류였습니다. 저는 당신을 만날 필요가 없었고 그렇게 할 의지도 없었으나, 이 완벽하게 따분한, 따분하게 완벽한 가상 세계의 삶에서도 우연과 우연이 겹친 만남을 겪었고, 그렇기에 저는 당신과의 우정을 소중하게 생각합니다.

실제 현실에서의 저는 파티 플래너입니다. 이 가상 현실을 만든 것도 39세기의 사람들과 이 시대를 테마로 한 복고풍 만찬이 열릴 예정이라 그 만찬을 준비하기 위해 자료를 수집할 필요가 있기 때문이었습니다. 제가 해외 곳곳을 돌아다니며 유명 인사 행세를 한 이유도 여기에 있습니다. 최대한 만족스러운 만찬을 마련하기 위해, 가능한 한 많은 모임에 참석하고 다양한 사람들과 저녁 식사를 하면서 이 시대의 문화를 배울 수 있는 사람으로 태어나고 또 살아보려고 한 것이지요.

조금 더 솔직해질까요? 제가 파티 플래너라는 것은 상당한 과장을 섞은 것이고, 파티장의 아르바이트생이라고 봐주시면 되겠습니다. 저의 상사가 저에게 이 시대에서는 사람들이 어떤 모양으로 냅킨을 섭는지를 알아 오라고 명령했고, 저는 오로지 그 사실을 확인하기 위해 이 가상현실을 만들었습니다. 제 인생에 어떠한 충돌이나 갈등이 없던 이유는 오로지 저의 삶은 오로지 이 시대에서 냅킨을 접는 방법 중 가장 멋있는 방법을 알아내기 위해서만 구성되어야 했기 때문입니다. 그 외의 나머지는 그저 부차적인 곁다리일 뿐이었습니다.

네, 맞습니다. 이 우주가 창조되고 인간이 태어난 이유와 여러분들의 궁극적인 목적은 제가 가장 멋있게 냅킨을 접는 방법이 무엇인지 연구하기 위함입니다.

저는 당신이 항상 인간이 태어난 이유와 그 궁극적인 목적이 무엇인지 알아내고자 열망했다는 것을 압니다. 아버지와 신으로부터 벗어나고 도박판에 뛰어들었다 가족을 만난 뒤 잃고 다시 신으로 돌아가는 그 과정은 모두 당신이 이 질문에 대한 답을 찾기 위해서 밟은 여정이라는 것을 압니다. 비록 이 세계가 가상현실이더라도 제가 당신에게 느낀 우정은 진짜였습니다. 인공지능이건 아니건은 우정에 있어 별 중요하지 않은 문제입니다. 그래서 저는 당신에게, 나의 유일한 친구에게 우주 창조의 비밀에 대해 감춰왔다는 사실에 오래도록 죄책감을 느껴왔습니다. 당신이 고통받는 순간은 오로지 저에 의해 촉발된 사건이었으니까요.

하지만 저는 이제 실제 현실로 돌아가서 냅킨을 접어야만 하고, 그래서 이곳에서의 삶을 마무리하려고 합니다. 저는 이렇게 당신에게 진실을 고백하는 것이 위안이 될지 저주가 될지 모르겠습니다. 다만 오랜 친구를 다시 만났으니, 마지막의 마지막 순간만큼은 진솔한 모습으로 남고 싶었습니다."

오랫동안 침묵이 흘렀습니다. W가 특별한 사람이라는 것 정도야 짐작하고 있었지만, 이렇게나 스케일이 큰 이야기일 것이라고는 상상하지 못했으니까요. 하지만 그가 한 이야기의 진실성을 의심하지도 않았습니다. 도박꾼의 재능을 살려 그의 눈동자를 바라볼 필요도 없었습니다. 납득이 안 가는 것도 아니었지요. 이는 W가 언제나 초인처럼 방관자의 시선으로 세상을 바라볼 수 있었던 그 기반이 무엇인지 이해가 되는 설명이기도 했기 때문입니다. 놀랍고 흥미로운 이야기였습니다. 저는 W와 과거에 겪은 사건들에 대해 반추하며 그의 주장과 저의 직관 그리고 둘 사이의 경험을 퍼즐처럼 맞춰보았습니다. 그리고 딱 한 조각만을 빼면 모든 그림이 딱 맞아떨어진다고 결론을 내렸습니다. 그리고 저는 W에게 그 남은 한 조각에 대해 질문했습니다.

"그래서, 어떤 냅킨으로 정하셨습니까?"

W는 희미하게 미소를 지었습니다. 그러고는 주머니에서 손수건을 꺼내 간단하게 모양을 잡아서 저에게 건넸습니다.

"바짓주머니접기."

"기초 중의 기초지요."

저는 웃어버리고 말았습니다. W가 접어준 냅킨을 손에 쥔 순간, 크루즈의 바에서 이 사람을 처음으로 만나 밤새도록 이야기를 나누었던 그 시간으로 되돌아간 것만 같았습니다. 그리고 W는 그 시절부터 냅킨을 접는 방법 중 바짓주머니접기를 가장 선호했습니다.

"이미 한참도 전에 결론을 내렸습니다만…. 그래도 레퍼런스 확인을 게을리해선 안 되니까요."

W는 미소를 지으면서 변명했습니다. 저희 둘은 그렇게 헤어졌습니다. 그리고 얼마 뒤, 저는 신문을 통해

W의 죽음을 확인할 수 있었습니다. 신문의 부고란이 아니라 1면을 통해 그 소식을 알게 되었다는 것은 저에게도 의외의 일이었지만 말입니다.

다시 강론으로 돌아오도록 하지요. 저는 여러분께 말씀을 드리기에 앞서 인간이 태어난 이유는 무엇인가. 우리의 궁극적인 목적은 어디에 있는가. 이 두 질문에 대한 답을 알려드리기로 약속했습니다. 약속대로 제가 아는 진실을 말씀드렸습니다. 네. 인간이 태어난 이유는 W가 준비하는 파티에서 접시 위에 올라갈 냅킨을 접는 방법을 찾기 위해서입니다. 우리의 궁극적인 목적은 W에게 냅킨을 접는 다양한 방법을 보여주는 것입니다. 그리고 저와 여러분은 이 이유에 맞게 살았고 목적은 훌륭하게 달성했습니다.

여러분 중에 저의 이야기를 의심하시는 분은 한 분도 없으리라 믿습니다. 저를 미친 노인의 혼잣말에 속아 넘어간 바보로 보지도 않으실 것입니다. 여러분들도 저처럼 W의 죽음을 신문을 통해 확인하셨을 테니까요. 무엇보다 현재 인류가 맞이한 온갖 종류의 재난도 저의 주장의 진실성을 증명하고 있습니다. 지진과 해일이 곳곳을 덮쳤으며 화산이 분화하고 우주의 별들이 지워지고 있는 모습들을 보지 않았습니까? 낢은 사람이 작금의 재난이 하늘 위에 떠 있는, 대륙 하나만큼이나 커다란 검은빛 석판과 그에 적힌 문구와 연관이 있을 것이라고 짐작하고 있습니다. 네. 제가 보아도 그들의 짐작이 맞는 듯합니다. 석판에 그려진 저 노인의 얼굴은 언론에서 주장하는 대로 W의 얼굴이 맞으니까요. 그리고 "W님이 로그아웃하였습니다. 곧 시스템이 정지됩니다."라는 문구 역시도 W가 만든 세상이 무너질 것이라는 신호가 맞을 것입니다. 마지막 그날, W가 저에게 알려준 그대로의 이야기니까요.

종말을 맞이하는 지금, 저는 그 어느 때보다도 더 단단한 구원 속에 있습니다. 제가 평생에 걸쳐 갈구하던 답을 얻었으니까요. W가 저에게 들려준 냅킨에 관한 이야기가 그 답인 것은 아닙니다. 저는 여전히 아내와의 만남이 제가 태어난 이유이며, 딸을 행복하게 만들어주는 것이 제 삶의 목적이라고 여기고 있습니다. 다만 W와의 대화를 통해, 그에게 들은 진실 덕분에 제가 제 삶의 이유와 목적을 확신하는 데 도움을 받은 것은 맞습니다. 그리고 누군가가 우리를 창조했다고 해서 우리의 삶이 그 누군가의 의지에 따라 좌우될 필요는 없지요. W가 저에게 들려준 이야기는 이 논리를 보다 확신할 수 있게 뒷받침이 되어주었습니다. 덕분에 저는 이제 기도 속에서 아내와 딸을 만날 수 있습니다. 저는 행복한 사람입니다. 하지만 이런 저에게도 단 하나의 아쉬움이 있습니다. 그 아쉬움이란 바로, 가상현실을 떠나 실제 현실로 돌아간 W를 향한 안타까움입니다. 여러분. 저나 여러분과 달리 W는 정답이 있는지 없는지가 확실하지 않은 실제 세계의 사람입니다. 저는 그가 냅킨을 접는 방법조차 몇십 년에 걸쳐 알아내야 하는 고독한 세상에 내동댕이쳐지고는 자신이 태어난 이유와 궁극적인 목적이 무엇인지 알아내지 못한 채 방치될지 모른다는 사실이 너무나 걱정되고 염려됩니다. 저는 그가 그리운 동시에 가엽습니다. 여러분. 부디 그 또한 여러분이나 저처럼 명확한 가상 세계의 주민들과 같이 안식을 얻을 수 있기를 기도해주십시오. 오늘의 강론은 이것으로 마치겠습니다. 이제 돌아가서 종말을 맞이할 채비를 하십시오. 감사합니다.

직장 상사 항문에 사보타주

여기 앉으면 될까요? 알겠습니다. 카메라 켜면 발언 시작이고요. 네. 뭐랄까. 좀 신기하기는 하네요. 회사에 이런 절차가 있다는 건 처음 알았어요. 이렇게 일 처리가 빠르게 진행이 될 수도 있구나 감탄도 들고요. 제가 먼저 이런 절차를 요청할 걸 그랬나 싶고 그렇네요.

A팀장님을 처음 뵌 것은 면접 때였습니다. 저를 뽑은 사람이 A팀장님이셨거든요. 놀라기는 했습니다. 아니, 생각해보세요. 엉덩이잖아요. 면접장에 들어갔는데 면접관 얼굴이 사람 얼굴이 아니라 엉덩이일 줄 누가 각오했겠어요?

친구들한테 면접 본 이야기를 하니끼 사람 얼굴이 아무리 못생겨도 엉덩이처럼 생겼다고 해도 되냐고 하는데, 아니라니까. 진짜 사람 얼굴 대신에 엉덩이가 목 위에 달렸다니까. 이렇게 설명을 일일이 해줘도 친구들이 믿질 않더라고요. 뭐 벤 애플랙처럼 엉덩이턱이냐느니 이상한 질문이나 하고요. 하긴 직접 본 저조차도 제가 본 게 제대로 본 건가 싶기는 했으니까요.

어쨌든 면접장에 들어가서 면접관들 중에 단연 돋보이는 A팀장님을 처음 뵙고 엄청 긴장했죠. 와씨 이건 또 뭐냐 싶고. 새로운 스타일의 압박 면접인가 싶기도 하고. 근데 압박 면접을 하려면 내용으로 압박을 해야지 왜 엉덩이로 압박을 하나 의문이 들기도 하고. 하여튼 이 직장이 사람 얼굴은 보지 않는구나, 관상으로 떨어지진 않겠구나 그런 면에서는 안심하기도 했네요.

덕분에 그날 기억은 생생합니다. 다른 면접관들의 질문과 지원자들의 답변이 이루어지는 내내 엉덩이만 끄덕이던 A팀장님이 면접 막판에 대충 떠올린 질문 하나를 하신 것도 외우고 있는걸요.

"지원자 B 씨는 좋은 직장이란 어떤 곳이라고 생각하시나요?"

뭐, 이 비슷한 내용이었는데. 저는 그냥 열심히 일만

할 수 있으면 괜찮다, 일을 좋아하고 재밌어하는 성격
이다, 그 비슷하게 대답했죠.

A팀장님께서 제 대답을 듣고는 항문을 움찔거리셨
던 기억도 납니다. 그때는 그렇게 A팀장님의 항문이
쪼물쪼물 움직이는 게 좋다는 건지 싫다는 건지 영
구분이 가질 않았어서 더 뇌리에 깊이 남아 있는 것
같네요.

아무튼 그 질문으로 면접은 끝이 났고 면접관들끼
리 뭐라 쑥덕이더군요. 저는 자리에서 일어나 인사를
하고 대기실로 돌아가 짐을 챙겼고요. 그때 A팀장님
의 엉덩이가 너무 신기했는지 다른 지원자들끼리 쑥
덕이는 소리가 들리더군요.

방금 면접관 말이야. 어. 그 엉덩이 면접관. 그 사람
은 여기 회장이 신년사에서 '우리 회사의 구성원이라
면 세상을 뒤집어서 바라볼 필요가 있다.'라고 이야기
한 것을 듣고 엉덩이와 머리의 위치를 바꿔 달았다나
봐. 뭐 이런 얘기.

다른 지원자들도 거기에 이래저래 맞장구를 쳤죠.
그래서 바지를 이상하게 뒤집어 입었구나. 직장이라
는 환경에 맞게 신체가 진화하는 사람이 있다는 소문
을 들었다. 요즘 직장에서 살아남으려면 저 정도는 해

야 한다.

저는 그 사람들의 말도 안 되는 소리에 혀를 찼습니다. 진화는 세대에 걸쳐 일어나는 변화고 A팀장님이 한 일은 엄밀히 말해 변태에 가깝잖아요?

아무튼 A팀장님에 대한 제 첫인상은 딱 그 정도였습니다. 변태. 회장 말을 철석같이 따르는 것 외에 할 줄 아는 게 없는 무능한 사람. 세상을 뒤집어서 바라보라는 고만고만한 훈시에 과장된 리액션으로 요란을 떠는 사람.

그리고 그 첫인상은 입사가 확정되고 A팀장님 밑으로 제 자리가 배정되면서 확신으로 바뀌었죠. 거기에 알코올중독자라는 인상이 추가된 정도?

아시잖아요. A팀장님 아무리 잘 봐줘도 알코올중독 초기인 거. 제대로 보면 알코올중독 말기인 거. 그런 사람이 일을 어떻게 하겠습니까? 하기는 하겠습니까? 술을 마시거나 술을 마시는 시간을 기다리는 거 외에 무슨 일을 할 줄 알겠어요?

애초에 A팀장님은 엉덩이가 얼굴이 있을 곳에 달렸고, 얼굴이 엉덩이가 있을 곳에 달린 사람이잖아요. 술을 그냥 마시는 것도 아니라 항문으로, 직장으로 바로 흡수하잖아요. 간을 통하지 않고 바로 혈관에 알코올을 때려 넣는 스타일인 셈인데. 그러면 훅 가죠. 아주 빨리 갑니다.

하지만 아시다시피 A팀장님은 그렇다고 술자리를, 회식을 포기하지 않으셨습니다. 오히려 그러니까 더 술자리에 집착하고 회식을 강요한 게 아닌가 싶어요. 회식 자리에서 자기도 죽고 남도 죽이려고. 그렇다고 회식 안 간다고 빼는 사람 있으면 바로 회식 자리에서 뒷말이나 하면서 직장이 우습내 뭐내 하면서 죽이고.

그런 상사 밑에서 하는 회식이 뭐 재미라도 있겠습니까? 한 시간 마시면 오십 분 동안 혼자 주정을 부리는데 그거 돈 받고 들어줘도 못할 일이에요.

그렇다고 남은 십 분 동안 다른 사람이 한 이야기를 듣기라도 하나? 안 하죠. 애초에 엉덩이엔 귀가 달리지 않았잖아요. 남의 말을 귀 기울여 들어도 모자랄 판에, 그 귀가 바지 안 팬티 속에 갇혀 있는데 뭘 듣겠어요?

그렇게 술을 퍼마시니 일이라고 제대로 되겠습니까. 일주일에 나흘을 마셨어요. 주4일제가 그 주4일제가 아니라 다른 주로 4일제였다니까요. 숙취에 피로로 항문에서 뭘 질질 흘리면서 오전부터 점심까지를 날려버리고, 술 마시러 갈 생각으로 궁뎅이를 무르르 띨면시 오후를 날려버렸으니 도대체 뭘 하겠냐고요.

A팀장님은 지각이 대수냐 연락두절이 되기 일쑤였어요. 분명 출근은 했다는데 보이지는 않아. 그 큰 엉덩이를 어떻게 감추고 나니셨는지 아직도 모르겠다니까요? 외근을 나갔다는데 누굴 만났는지는 몰라. 항상 늦게 와가지고 이상한 곳에 주차해서 다른 차들이 나가지도 못하게 해.

일, 아주 안 한 거 아니죠. 맞죠. A팀장님 지시로 청소는 어쩜 그렇게 자주 했습니까, 저희가? 달에 한 번마다 풍수까지 따져가면서 책상 옮겨, 화분 놔, 자리 바꿔, 요란에 법석에 난리에 아주 성대했죠.

아니, 우리가 뭐 청소하려고 취직했냐고. 청소가 나쁜 일은 아니죠. 좋은 일이죠. 제가 아무리 늦게 퇴근해도 바닥에 돌돌이라도 한번 돌리고 자는 게 습관인 사람입니다. 근데 그게 왜 다른 업무를 할 시간까지 뺏어가면서 할 일이 되냐고요. 아시죠. 그래야 뭐 하는 티라도 나니까, 팀 분위기 좋다는 어필하려고 그렇게나 팀원들 들들 볶아가면서 쓸고 닦고 다 했죠.

A팀장님은 큰 그림을 볼, 전망을 볼 눈이 없었어요. 그야 엉덩이에는 눈이 달리지 않았으니까. A팀장님이

뭘 보고 싶어도 볼 수가 있으셨겠어요? 큰 그림은 그렇다 쳐도 하다 못해 작은 그림이나 숫자라도 볼 수 있었겠냐고요.

하지만 그런 인간이 뭔가 열심히 한다는 티는 내고 싶으니까 계속 뻘짓을 하는 거죠. 마이크로매니징에 빈카운터 짓. 부하가 올린 결재 거절하는 걸로 자기 권위 느끼기. 제발 자존감은 일을 성사시킬 때 느끼면 좋겠어. 일을 막아설 때가 아니라.

하다못해 휴지 다 써서 비품 신청한 것도 반려를 시켰다니까요? 우리 팀은 왜 이렇게 휴지가 빨리 동이 나냐면서. 왜 다들 경각심을 갖지 않고 물건을 아낄 줄 모르고 회사를 생각하지 않느냐면서.

왜긴 왜야? 왜 이렇게 휴지가 빨리 동이 나는지 엉덩이를 목 위에 달고 다니는 사람이 물으면 어쩌라는 거야?

결국 A팀장님이 출근해서 하는 일이라고는 단 하나였다고 봐야죠. 나머지는 그냥 마이너스. 대부분 소극적 방해나 적극적 훼방. 그나마 팀에 도움이 된 일은 하나. 임원진 인터뷰 스크랩하기. 관련된 행사에 어떻게든 얼굴 들이밀기. 아니, 엉덩이 들이밀기.

아니다. 이게 그렇게 팀에 도움이 되었는지는 모르

겠네요. 아니겠다. 왜냐면 임원진한테 예뻐 보이겠다고 자기 혼자 쪼르르 달려가서 이런 행사 저런 행사에서 수발을 다 든 다음에 그분들한테 하는 이야기라고는 팀원 뒷담화밖에 없었으니까. 그분들은 또 이 충성심 가득한 친구가 어떻게 그 악독한 부하들한테 시달리느냐 위로하고 끝났으니까. 그래서 따낸 기회는 자기한테 줄 선 부하들만 챙기고 술자리에 끝까지 남은 사람 아니면 자기가 맘에 들어 했던 여자 부하, C한테만 돌렸으니까. 그래서야 뭐 팀에 대단한 도움이 되겠습니까?

A팀장님은 직장에서 똥만 싸셨죠. 엉덩이를 얼굴 대신 달고 다녔던 게 똥 싸기 편하려고 한 것도 있는 것 같아.

꼭 그러잖아요. 똥이 더러워서 피하지 무서워서 피하냐고. 근데 이 이야기 진짜 비겁한 거라니까. 어쨌든 누군가는 그 똥을 치워야 하지 않겠어요? 그 똥을 치우는 사람들이 용감한 사람인 거 아니에요? 다른 사람이 용사가 아니야. 똥 치우는 사람이 용사야.

저도 처음에는 어떻게 A팀장님처럼 무능한 인간이 팀장까지 달았을까 의아했어요. 하지만 보다 보니까 알겠더라고. A팀장님의 능력은 바로 무능함 그 자체였어요. 무능하다는 어필을 죽어라 해서 사람들을 조종하는 거죠. 아주 수동적으로 굴어서, 자기가 무능하고 무해하고 그래서 불쌍하다고 어필을 죽어라고 해서, 옆에 사람들이 에휴 어쩔 수 없지, 하고 대신 일을 하게 만드는 거였어요.

무엇보다 무능한 인간은 뒤에서 조종하기 좋은 인간이기도 하죠. 누군가가 엉덩이 뒤에 숨어서 엉덩이가 엉덩이짓을 하도록 내버려두다 결정적인 순간에 뭔가를 시켜먹는 식으로요.

A팀장님은 머리 대신 엉덩이를 달고 다니는데도 직장생활을 하신 게 아니었어요. 머리 대신 엉덩이를 달고 다니니까 직장생활을 하실 수 있었던 거였죠.

그리고 A팀장님이 무능한 건 맞는데 무해한 건 또 아녔습니다. 불쌍한 것도 아녔고요. 미디어에서 하도 이런 유형의 인물들이 자주 나오니까 사람들이 착각하는 건데, 유능하지만 뒤가 구린 그런 악당이 나오잖아요. 하지만 진짜 유능한 사람들은 뒤가 구리지가 않아. 청렴해. 청렴한 것까지가 직군에서 요구하는 역량이야.

그런데 반대의 경우도 마찬가지거든요. 드라마를

보면 무능하지만 청렴한 그런 아군이 니외. 하지만 이거야말로 착각이에요. 무능하면 청렴할 수가 없어. 무능한 놈이 살아남기 위해서 할 수 있는 선택지가 딱 두 개죠. 유능한 놈들을 쫓아내거나 쥐어짜거나. 그리고 이게 청렴한 사람은 할 수가 없는 일이에요. 그러니 구린 짓을 하고요. 뭐 A팀장님이 뒤가 구리지는 않았지. 그냥 전방위적으로 구렸지.

A팀장님이 무능함과 무해함을 어필해서 만든 술자리에서 꼭 하시는 게 있잖아요. 남 욕하기. 자기 콘텐츠가 없으니까, 자기가 할 수 있는 게 없으니까 할 이야기가 자기 이야기가 아닌 남 이야기밖에 없는 거죠. 남보다 잘난 게 없는데 자기 못났다는 건 인정하기 싫어서 남도 못났다고 저격하고 욕하고 그러는 거죠.

제가 이런 이야기를 다른 사람들한테 하면 꼭 그래요. A팀장이 진짜 그랬을 리가 있냐? 걔가 바보도 아니고. 회사가 그런 등신짓을 해도 되는 만만한 곳이 아니라고.

아니라니까. 진짜 그랬고 바보도 맞고 그렇다니까요. 그냥 A팀장님쯤 되는 연차의 인간이 진짜 그랬고 바보도 맞으면 문제가 산더미 같다는 이야기니까 현실을 부정하는 거지.

진짜 그랬고 바보도 맞으면 내 책임이 되기도 하니까 믿기 싫은 건 알겠는데, 그래서 만만한 밑에 사람들만 갈구고 잊어버리고 싶은 마음도 알겠는데, 바로 그런 태도가 회사를 만만하게, 만만만만하게 만드는 거라고요.

이렇게 말하면 또 다 그래. A팀장 학벌이 얼마나 좋은데 머리 나쁜 사람일 리 없다고. 아니, 몇십 년 전에 수능 점수 한 번 좋았을 수는 있지만 그 이후로 평생을 알코올중독으로 살아왔는데 그 머리가 이제까지 남아 있겠습니까?

알코올중독자들 뇌가 어떤지 아세요? 구멍이 뻥뻥 뚫려 있어요. A팀장님이라고 예외겠어요? 그런 뇌를 어디 씁니까? 예전에 수능 1등급 받고 지금 뇌에 구멍이 뚫린 사람이랑 예전에 수능 2등급 받고 열심히 현장에서 전문성 획득한 사람이랑 비교하면 당연히 전자보다 후자가 더 전문가고 더 똑똑하지 않겠어요?

게다가 A팀장님은 단순히 뇌에 구멍이 뚫린 수준이 아니라 엉덩이를 머리 대신 달고 다니는 사람이잖아요. 사람들이 학벌을 보는 이유가 그 사람이 학벌 값을 할 거라고 생각해서 학벌을 보는 건데, 학벌이 좋아도 그 좋은 학벌만한 값을 못 하면 좋은 학벌로도 구제 못 할 멍청이라는 겁니다. 명문대 나온 엉덩이가 평범한 교육과정을 거친 대가리보다 똑똑할 수는 없어요.

앉아서 공부만 하는 사람이 치질에 걸리기도 하잖아요? 그린데 이 치질이 엉덩이에만 걸리는 게 아닙니다. 대가리까지 치질에 걸릴 수도 있어요. 학벌이 독이 되는 경우가 있는 거죠. 시험 공부 하느라 사회 공부는 전혀 못 했으면서 알고 보면 별거 없는 학벌 자랑만 몇십 년째 하느라 자만심이랑 아집만 세져서 더 멍청해지는 경우가 있다고요. 그게 A팀장님이고.

말은 이렇게 했지만, 저 제법 A팀장님이랑 잘 지냈어요. 아시잖아요. 저는 저보다 조직이 우선이라는 거.

물론 입사 초반에는 엉덩이의 갈라진 틈 사이로 움찔거리는 항문을 보는 게 힘들긴 했어요. 그래서 제가 제 돈으로 팬티를 사다가 A팀장님에게 갖다 바쳤던 거 아니겠어요?

어쨌든 가리자. 요즘은 남자가 입어도 예쁜 팬티 많다. 멋진 팬티 입고 살짝 보여주는 게 트렌드다. 회사가 우선인 것과 회사에서 팬티를 벗고 다니는 것은 같지 않다. 팬티를 입어도 얼마든지 회사에 보탬이 된다. 세상을 뒤집어 보는 것도 된다. 오래고 집요하며 은근한 설득 끝에 제가 이룬 쾌거였죠.

제가 회사 비품으로 팬티를 신청한 것도 아니고 제 돈을 주고서 직접 좋은 팬티 골라다가 바쳐서 해낸 일 아니겠습니까. 덕분에 저희 팀 업무 효율이 얼마나 올라갔는지 아세요? 외부 미팅 때 덜 쪽팔리게 된 것도 아시죠?

비록 제가 사비를 써서 한 일이기는 했습니다만 결과는 다 좋았지 싶습니다. 우리 팀에서는 갈채가 터져 나왔고. 제 입지도 생겼고. 뭐, 저 좋자고 한 일이기는 합니다. 그 벌름거리는 항문을 가릴 수만 있다면 고작 팬티값 정도야. 내 비위는 소중하니까. 내가 다닌 정신과 비용에 비하면 대단한 액수도 아니니까.

어쨌든 덕분에 A팀장님도 저를 제법 챙기셨습니다. 전혀 기쁘지 않은 술자리지만 저를 꼬박꼬박 불렀고요. 고기도 직접 구워주면서 대단한 은혜를 베푸는 시늉을 했지요. 말로는 요리가 취미라나요. 어딜 가면 자기가 다 먹여 살린다나요. 어쨌든 주는 밥을 무를 수도 없고 잘 받아먹으면서 지냈습니다.

애초에 A팀장님이 자기 사람 챙기기로는 유명했죠. 어디 후배라거나 무슨 친구라거나 누구 동생이라거나 살뜰하게 채용했고요. 자기가 능력이 없으니 주변에 자기를 방어해줄 사람들부터 채우고 지냈다고나 할까요. 뭐, 그렇게 깊이 생각하지 않고 그저 술자리 멤버를 모았을 뿐일지도 모르겠지만요.

여러분도 아시지 않으세요? A팀장님이 면접에서 기침 좀 낼 수 있게 된 이후—아니, 기침이 아니라 방귀인가? 하여간 방귀 좀 뀌고 다니기 시작한 이후 제 밑으로 새로 채용된 정규직 셋 중 두 사람이 예전부터 A팀장님의 술 시중을 들었거나 들게 된 사람인 거?

덕분에 제가 팀에서 사람 관리를 좀 했죠. 유행병이 돌면서 일이 느니까 제 업무도 인턴들, 비정규직들 관리로 확장되었고요.

물론 새로 들어온 친구 중에 마음에 안 드는 친구도 있고 마음에 드는 친구도 있고 그랬지만 저 아시잖아요. 제 감정과 무관하게 잘하려고 애썼습니다. 미우나 고우나 어쨌든 제 밑에 왔으니 이 직장에 자리 잡지 못하더라도 이력서는 깔끔하게 달고 나가게 해주는 게 도리 아니겠습니까.

사람을 관리하는 업무를 맡게 되면서 저 A팀장님에게 정말 충성했습니다. 제가 얼마나 그랬냐면요. A팀장님이 다들 마스크 쓰고 다닐 때 혼자 팬티나 입고 다

녔으면서 그조차도 질려했던 거 기억 나시죠? 그래서 그 인간이 팬티를 안 갈아입고 다녔잖아요. 제가 정말 생각이 짧았던 게. 팬티를 벗고 엉덩이를 까고 다니는 꼴을 보기가 힘들어서 팬티를 사준 건데. 아니, 팬티에 뭐가 거무룩한 게 묻어 있으면 그 시각적 파괴력이 배가 되더라니까요. 차마 그럴 줄은 몰랐지 뭐야. 누가 알았겠어 근데. 어쨌든 그래서 제가 팬티를 사준 사람으로서의 책임감도 있고, 관리할 부하 직원들이 있는 상사로서의 책임감도 있고, 각오하고 A팀장의 헌 팬티는 벗겨주고 새 팬티는 입혀주는 일까지 했었죠. 이 정도면 저 정말 저보다 조직이 우선인 사람 아닙니까?

왜냐면 저도 알잖아요. A팀장님이 자기 사람을 챙기는 스타일인 거. 물론 저랑 A팀장님이 같은 계열이었다는 게 아녜요. 저는 좋건 싫건 제 밑에 사람이면 제가 책임져야 한다는 마인드인데, A팀장님은 자기 사람이 아니면 죽여버리겠다는 마인드잖아요.

저는 저보다 조직이 우선이지만 A팀장님은 자기와 조직을 동일시하고 자기한테 개기는 놈이 있다? 그럼 넌 조직에 불응하는 놈이야. 라고 몰아세우는 스타일이죠. 그건 조직을 우선하는 게 아녜요. 조직을 사적으로 오용하는 거지.

A팀장님 밑에 있는 사람들은 결국 딱 두 가지 결말만 가졌습니다. A팀장님의 밑에 들어가지 않았다가 따돌림당하고 쫓겨나거나, A팀장님의 밑에 들어가 쥐어짜인 다음에 더 이상 못 써먹겠다 싶으면 팽당하고 쫓겨나거나. 어느 쪽이건 큰 차이는 없는 결말이지만요.

아, 유일하게 다른 결말을 맺는 경우가 있긴 하네요. A팀장님이 추근거리던 여자 부하 C, 걔. 걔 같은 꼴을 당하거나. 개 같은 꼴.

하여간 제가 등신이라서 팬티를 벗겨주고 입혀주고 그랬던 게 아니에요. 어쨌든 저한테 딸린 식구가 생겼잖아요. 회사 식구들 밥이라도 잘 먹게, 법카로 식대라도 쓸 수 있게는 해줘야 하잖아요. 그러니 그 염병을 떤 거죠.

시간은 흐르고 팬티는 헤지기 마련이죠. 네. 얼마 지나지 않아 제가 선물했던 A팀장님의 팬티가 다 헤지고 말았어요. 제가 생각했던 것보다 훨씬 빠른 속도였죠. 저를 비롯한 다른 팀원들이 돈을 모아 이번에도 새 팬티를 선물했지만 A팀장님은 거절하셨습니다. 개방적으로 살고 싶다나요?

하지만 다들 알았잖아요. 모를 수가 없죠. A팀장님

의 엉덩이에, 항문에 치질이 생겼다는 사실을. A팀장님이 이 치질을 과시하고 싶어 한다는 사실을. 그래서 팬티를 입고 싶어 하지 않는다는 사실을.

빨갛게 달아오른, 볼록 튀어나온 그 살덩어리를. A팀장님의 탈항을. 우리 모두는 모르고 싶었지만 알 수밖에 없었잖아요.

충격적인 비주얼이지만 그 비주얼은 충격적인 진실 또한 내포하고 있었죠. '아. 누가 저 항문에 뭘 하긴 했구나. 어떻게 물고 빨았는지는 모르지만 뭔가 하긴 한 거야. 도대체 뭘 어떻게 물고 빨았기에 의자에 앉지도 않는 항문에 치질이 생긴다는 말인가.' 네. 그렇죠.

일단 A팀장님의 아내분은 아닐 것이라는 것만큼은 다들 확신하고 있었습니다. 두 사람 사이가 좋지 않다는 것은 A팀장님과 술자리를 가졌던 사람이라면 누구나 다 알고 있었고, 저희 팀에 A팀장님과 술자리를 가지지 않았던 사람은 아무도 없었으니까요.

찝쩍거렸다는 C랑 불륜을 저질렀다는 소문도 있었는데, 글쎄요. 바로 옆에서 지켜본 제 생각으로는 그러진 않은 것 같습니다.

아니, 차라리 둘이 사귀기라도 했으면 이렇게 불편한 분위기는 아니었을 거야. 불편? 이것도 좀 아니네요. 두 사람이 하는 꼴을 보면 불륜은 아닌데 불륜보다 더 불쾌했거든요. 차라리 사귀는 게 더 건전했을걸요.

A팀장님이 C한테 보통 집착하시는 게 아녔잖아요. 둘이 불륜이었으면 무슨 거래라도 되었겠지. 근데 두 사람 꼴은 그게 아니었단 말이죠.

뭐라고나 할까. 일단 연인은 아니고. 주종관계? A팀장님이 다 끌어다가 C한테 퍼주면 그 양반은 쓱 받아먹고 입 닦는 그런 거. C가 여기저기 온갖 곳에 사고를 치고 다니면 A팀장님이 그거 뒷수습하고 C한테 문제 제기한 사람 죽여놓는 거. 뒤틀린 형태의 기사도 정신이라고나 할까. 하여간 여간 수상한 게 아녔죠.

아무튼 C, 그 양반이라고 취향이 없진 않을 테니 그런 일은 없었을 겁니다. C라고 어디 항문에 뽀뽀하고 싶었겠습니까? 그러니 A팀장님 치질의 원인에 대해서 저는 아는 게 없습니다.

A팀장님이 물고 빠는 것의 대가인 줄은 알았지. 하지만 저 사람이 물고 빠는 대상이 될 수도 있다는 생각은 제가 못 했던 건데.

뭐 이 사람이 임원진들 의전에는 참 지독하게도 신경 많이 썼죠. 업계 현황이 어떻고 데이터가 어떻고 통계는 어떻고 이런 이야기는 못 하지만 꽃을 뭘 갖다 놨냐, 무슨 건물을 빌렸냐 이런 이야기는 할 수 있으니까 그랬던 거지만요.

물론 이야기를 할 수 있었다는 거지 잘했다는 거는 아니죠. 의전도 센스가 있어야 한다니까요. 그런데 센스는 없으니 그저 아랫사람들만 죽어라 갈구고 욕하고 이것저것 간섭해서 되던 일도 가로막고 엉망으로 똥칠이나 하고 그랬지.

덕분에 우리 팀 다 고생은 죽어라 하고 결과물은 완전 다 망한 거에 그냥 추한 거만 나왔고. 다른 사업도 안 풀렸죠. 제대로 일할 리소스를 의전에만 쏟아붓는데 일이 되겠어요?

저희 팀, 정말 아무 상관도 없는 화장실 미화 프로젝트 진행했잖아요. 그때 어땠는지 아세요? 변비 환자라도 되는 것처럼 변기 디자인만 붙잡느라 재작년 하반기 사업 다 딜레이 걸려서 연말에 죽을 뻔했잖아요.

아니, 변기가 물만 잘 내려가면 됐지 뭐 해외에서 수입한다고 그 난리를 칩니까? 그거 배관 규격 안 맞아서 다 갖다 버렸잖아요. 안 된다고, 안 된다고 그렇게 말렸는데도 강행해서. 나중에 알고 보니까 A팀장님이 전에 팀장 했던 그 사람이 쓰던 변기가 싫어서 그러셨던 거라면서요?

변기 디자인 하나만 갖고 그렇게 태클을 설어냈으면 몰라. 다 그랬죠, 다. A팀장님은 의전이 어때야 하는지는 모르면서 대접받는 느낌에는 그렇게 집착하셨단 말이죠. 그리고 부하들이 갖고 온 결과물을 거절하는 건 자기가 내접받는 느낌을 주니까, 자기가 뭐라도 된 느낌을 주니까 계속 거절만 하는 거예요. 지칠 때까지. 마감이 코앞에 닥쳐서 미루지 못할 때까지. 그러니까 도중에 똥을 싸고.

그렇게 막판에서도 막판이 되면 그때 욕은 한 바가지로 하면서 이거라도 해야겠다면서 갖고 가는 거지. 결과물이 좋고 나쁘고는 애초에 구분 못 하니까 망가진 결과물을 들고 가서 임원들한테는 자기가 얼마나 애썼고 공들였고 이게 얼마나 잘 나온 건지 자화자찬만 했죠. 부하들 앞에서는 그렇게 욕이나 해댔으면서.

아무튼 A팀장님이 의전으로 그렇게 임원진들을 물고 빨 때마다, A팀장님이 방귀를 뀔 때마다 팔랑거리는 치질을 보고 있노라면 별생각이 다 들긴 하더라고요.

사회생활이라는 게 이렇게 더럽구나. 다들 비위도 좋다. 나는 이 비위 맞추려면 정신수양을 길게 해야 할 것 같다.

그러다가 결정적으로 틀어지는 일이 있었죠. C가 다른 부서로 이동하면서 우리 팀에서 진행하던 프로젝트를 다 그대로 가져갔잖아요? 우리 팀 나머지 식구들이 인사고과에 뭐 넣을 수도 없게. 아니, 난 이게 어떤 논리로 가능했는지를 모르겠어. 일은 팀이 다 같이 하는 건데 왜 일한 거에 대한 평가는 팀을 나가는 한 명이 다 해 먹습니까?

제가 그래서 따졌죠. A팀장님한테. 아무리 그래도 팀장이라는 직함을 달고 있는 관리직이면 팀의 장으로서 팀을 관리하고 정리를 해야 하지 않겠냐고. 무슨 사이비 종교에서 교주랑 축구하는 것처럼 우리가 C한테 모든 공을 다 몰아줘야 하냐고. 하지만 A팀장님의 항문은 아무런 대답도 없이 그저 공허한 어둠을 품고서 저를 응시하고만 있었죠.

저는 저보다 조직이 우선이라고 했잖아요. 상급자가 이상한 짓을 할 때 말릴 줄 아는 게 조직을 우선하는 겁니다. 상급자가 해괴한 짓을 할 때 박수 치면서 좋아하면 그거야말로 조직보다 자기 보신을 우선하는 거고요.

나는 A팀장님이나 C나 다른 사람들이 다 나한테 고마워해야 한다고 생각해. 쓰레기 짓 하려고 할 때

쓰레기 짓 하지 말라고 말려준 사람인데, 쓰레기로 살지 않게 도와준 사람인데 내가 평생의 은인이지. 이런 천사 찾기 힘듭니다?

상대방을 사람으로 생각하면 말려야죠. 사람으로 생각 안 하면 그때 무시하는 거지. 제가 이렇게까지 따지고 드는 게 어떻게 보면 가장 의리 있게 구는 거라니까요?

의리는 뜻 의에 이치 리를 씁니다. 뜻이 있고 이치에 맞아야 의리지, 뜻도 없고 이치도 맞지 않게 그냥 무작정 편들어주는 게 의리가 있는 게 아니에요. 뜻도 없고 이치도 맞지 않으면 뜻을 가르쳐주고 이치를 알려주는 게 의리야.

압니다. 알아요. 그때 제가 의리고 뭐고 가만히 있는 편이 회사에서 살아남기는 훨씬 편했겠죠. 그런데요. 그냥 제 성질머리가 그래요. 상급자가 나쁜 짓을 할 때 저마저 지적하지 않으면, 어, 저까지 나쁜 놈이 되는 거잖아요. 제가 이렇게 조직을 우선해요.

하지만 A팀장님은 그렇게 생각하지 않으셨나 봅니다. 제가 문제를 제기하니까 어떻게 자기를 그렇게 이상한 사람으로 만드느냐면서 엉덩이가 새빨개지더군요. A팀장님은 얼마나 분하셨는지 탈항으로 볼록 튀어

나온 항문의 주변에서 치루가 터져 고름이 흐를 정도였습니다.

A팀장님은 분노의 치루를 흘리면서 붉게 물든 엉덩이를 파르르 떨었습니다. 이런 경험은 태어나서 처음이라며, 너무 놀랐다며 앞으로 자기가 어떻게 얼굴을 들고 다니겠냐고 따지더군요. 아니, 직장에서 얼굴은 무슨 엉덩이나 들고 다니던 사람이 도대체 무슨 말을 하는 건지.

어쨌든 이후 저 개또라이로 찍혀서 악의적인 소문만 파다하게 퍼졌죠. 제가 직접 저를 변호할 수도 없이 자기들끼리 이렇게 욕하고 저렇게 욕하고 그 안에서 말도 안 되는 비방을 증폭하는 자가발전이 이뤄지더라고요. 아니, 다 큰 어른들끼리 나이도 먹을 만치 먹고서 이게 뭡니까. 따질 거면 앞에서 따질 것이지, 뒤에서 염병하지 말고.

저는 그렇게 투명 인간이 되었죠. 없는 사람으로 만들기 참 쉽더라고요. 회의에는 안 부르고, 연락은 안 받고, 프로젝트에서는 빼버리고, 일을 해도 실적으로는 반영하지 않고, 평가는 조지고. 저에게만 완전히 다른 기준을 적용하더라고요.

저를 말려 죽이려고 하는 이유를 모르는 게 아녜

요. 제가 무서웠겠죠. 이제까지 저 같은 사람이 없었
잖아요?

주변에 이런 말을 하는 사람은 다 괴롭히고 따돌리
고 소문내서 쫓아냈는데 그게 안 되니까. 똥이 더러워
서 피하는 사람들 보고 무시워시 피하는 기리고 생각
하고 자신만만했는데 저는 안 그러니까.

제가 이렇게 개차반 취급을 받는 것도 문제지만 이
게 저 혼자만 바보 되고 끝나는 게 아니잖습니까? 제
가 맡아야 할 일을 빼앗으니까 다른 사람한테 일이 몰
리고 다른 사람이 지쳐서 떨어져 나가면 또 일이 막히
고. 그 다른 사람도 맛이 가거나 제 꼴이 나면 다음 사
람한테 일이 몰리고.

딱 한 사람이 문제인데 그 한 사람이 자기의 문제
를 아래에 전가하니까 조직이 성장을 못 하고 허리가
부실해지는 거잖습니까. 궁뎅이가 계속 위를 차지하고
있느라 허리가 나가는 거야.

애초에 저처럼 정당한 문제제기를 한 사람이 이렇
게 숙청을 당하면 역설적으로 이야말로 그 조직이 문
제를 갖고 있다는 걸 보여주는 거예요. 문제를 고치는
게 아니라 없는 척을 하는 거니까. 오히려 저 같은 사
람을 지켜줄 때 이 조직이 그래도 원칙과 논리에 따라

움직이는구나 신뢰가 생기는 거고요.

아니, 길거리에 똥이 쌓였어. 그래서 똥을 치우려는 사람이 똥이 묻었어. 그래서 냄새가 나. 그렇다고 똥을 치우려는 사람이 냄새가 난다고 똥이 아니라 똥을 치우려는 사람을 치우면 어떻게 합니까? 똥은 누가 치워요? 똥이 막 자동으로 굴러가나? 똥을 치우려던 사람은 쫓겨난 다음에 어딜 가고요? 옛말에도 동냥은 못 줄망정 쪽박은 깨지 말랬는데 거, 쪽박에다 똥을 싸지르면 어떻게 합니까?

평가 기준이 맛이 가면, 누가 일을 잘하려고 하겠습니까? 똥꼬를 잘 빨려고 하지. 일 잘하는 놈, 일하고 싶은 놈들은 이직 준비하고 일 못하는 놈, 일하기 싫은 놈들이 똥꼬 잘 빠는 법만 공부하지. 제가 조직에 안 맞는 사람인 게 아녜요. 저 같은 사람이야말로 조직에 가장 필요한 사람인 거지.

난 부러울 때도 있어. 저렇게 머리가 나빠도 사는데 아무 지장이 없다는 게 가끔은 부럽기도 해. 아니, 안 부러워요. 부럽다가도 부러워하면 안 되지, 하고 생각이 멈춰. 그냥 나도 나중에 저렇게 되면 어떡하지 무섭기만 해.

뭐, 이 정도로 그쳤으면 저도 이렇게 인권센터에 회부되어서 저를 변호할 일도 없었겠지요. 하지만 A팀장님이 싸지르는 설사는 여기에서 멈추지 않았죠. C가 새 부서에 일감을 다 가져간 다음에 A팀장님이 기존 저희 거래처를 다 고소해버리는 폭거를 저질렀으니까요.

아니, 도대체 아무리 우리 회사가 갑이라고는 해도, 저쪽에 문제 삼을 요소가 있다고는 해도 대뜸 을들을 단체로 고소해버리면 앞으로 팀이 일을 어떻게 합니까? 그 사람들이 다시 저희랑 같이 일을 하려고 하겠어요?

설령 저쪽에 문제 삼을 요소가 있었다 하더라도 이렇게 제대로 된 절차와 근거 없이 막무가내로 고소하면 문제 삼을 것도 문제 삼지 못해요. 그것도 프로젝트가 갑작스레 중단되고 새 거래처까지 뚫은 마당에. 이건 아주 팀을 없애겠단 이야기지.

친일파야. 아주 친일파가 따로 없어. 나라 재산 팔아치워서 자기 배만 불리고 국민은 다 굶어 죽으라는 친일파랑 똑같지. 그렇게 친일파 노릇 해서 팀 자원 다 팔아먹고 다 빼버리고 혼자 잘 먹고 잘 살려고. 왜 기존 거래처를 다 고소했겠어요. C가 새로 거래 튼 곳이랑 경쟁 안 되라고 그런 거잖아요. 거기 C랑 뭐 있나? 전 모르겠네요. 제가 그걸 알 재주가 있는 것도 아니고.

친일파 같은 놈들이 꼭 자기가 잘났다고 나대는데, 그게 뭐 잘난 겁니까. 남들은 쪽팔려서, 부당해서 하지 않는 일들을 대뜸 저지르는 게 무슨 독창적인 일입니까? 공동체에 도움이 되는 무슨 가치를 창출하고 시스템을 변화시키거나 한 게 아니라, 공동체가 갖고 있던 자산을 떡값 빼먹느라 헐값에 팔아치우고 시스템을 망가뜨리면서 생긴 자원을 홀랑 빼먹었을 뿐이죠. 잘나서 부자가 된 게 아니잖아요. 못난 게 못되기까지 해서 부자가 된 주제에 무슨 자랑입니까?

저요? 당연히 말렸습니다. 근데 팀원들은 몰랐어요. 알기 전에 제가 막으려고 했고요. 걔들이 뭔 죄야. 제가 이랬다는 거, 여기 불려 나온 것도 팀원들은 몰라요. 생색낼 일도 아니고. 알아봤자 배신감만 느낄 텐데.

하지만 제가 말린다고 듣기야 하겠습니까. A팀장님은 그저 저를 흡연장으로 불러낸 다음 엉덩이 사이로 담배를 물고서는 항문을 뻐끔거리며 내뿜은 연기만 노려보실 뿐이었죠.

한참을 그러다가 고개를 저으면서, 늘어진 엉덩이

밑살을 출렁거리면서 뭐라 훈시를 하더군요. 세 시간 동안.

원래 회사생활이 그런 거다, 네가 뭘 모른다, 사회생활을 안 해봐서 그런다. 너는 일을 못 한다. 아무리 수치가 나와도 그렇게 일을 하면 일을 한 게 아니다. 내내 담배를 피우면서 이야기를 하는데, 담배도 피우지 않는 제 기분이 좋았겠습니까?

무엇보다 직장이 원래 그렇다니. 직장은 똥으로 가득한 곳이란 이야기인가요? 직장은 똥만 만드는 똥공장이라는 이야기인가요?

아니, 아가리에 혓바닥 대신 좆을 박아 넣었나, 뭔 좆 같은 소리만 하는지. 죄송합니다. 이건 제가 여러분들을 향해 한 이야기가 아니라 제가 A팀장님에게 했던 이야깁니다. 제가 그때 너무 흥분해서 막말을 좀 했어요. 네. 혓바닥 대신 좆을 박아 넣었나. 뭔 좆 같은 소리만 하는지. 딱 그렇게 말했습니다.

그 말을 들은 A팀장님은 너무 화가 났는지 흥분을 주체하지 못하고 똥을 토하고 방귀를 뀌기 시작하셨습니다. 아마 뭐라 뭐라 욕을 하고 싶었던 것 같은데 얼굴 대신 엉덩이를 달고 다니니 항문의 구조상 제대로 말이 나오지 않고 똥과 방귀가 뒤섞여서 나온 것 같았습니다.

제가 말을 험하게 한 것도 맞죠. 하지만 몇 달을 투명 인간 취급을 받고 업무에서 배제되고 평가에서 누락이 되었다가 세 시간을 면박을 먹는데 눈이 조금 돌아버리더라고요.

무엇보다 제 위로 팀장이 있는 것도 맞지만 제 밑으로 팀원이 몇 명이나 있잖습니까. 비정규직이고 인턴이고 그래도 제가 책임지고 먹여 살려야 할 식구 아닙니까? 팀장이 가장이라면 식구를 돌봐야 하는데 두 집 살림 하겠다고 집문서를 들고튀려고 하니 그건 막아야 하지 않겠습니까?

제가 우아할 수가 없어요. 사람을 말려 죽이는데 어떻게 우아합니까. 제가 곱게 말해봤자 귓등으로도 듣지 않고 무시하는데. 없는 말로 바꾸는데. 제가 좋아서 쌍욕을 하는 게 아니에요. 안 그러면 안 들리니까 이렇게 할 수밖에 없는 거예요. 사람이 똥통에 빠져서 살려달라고 허우적거리는데 차분하고 상냥한 목소리로 구해주시면 감사하겠습니다—평생의 은인으로 모시겠습니다—라고 말하는 게 되겠냐고요.

여기서 선후관계를 명확히 해야 해요. 저라고 곱게 말하지 않던 게 아니에요. A팀장님이야 항상 우아하시죠. 자기가 일을 안 하니까. 책임도 안 지니까. 남한테 똥물 다 뒤집어씌우고 뒤에 숨으니까. A팀장님이 싼 똥은 다들 못 본 척을 하니까.

그런데 저까지 그럴 수는 없어요. 그랬지만 아무것도 안 바뀌었으니까. 제게 남은 선택지는 하나밖에 없게 된 겁니다.

A팀장님께서 저더러 감정적이라고 했다죠? 아뇨. 여기서 감정적인 사람은 제가 아니라 A팀장이십니다. 욕설을 쓰는 게 곧 감정적인 게 아녜요. 욕설을 썼지만 공적 목적에 부합하잖아요.

A팀장님은 사근사근 말씀하시지만 근데 그게 친일파잖아. 말 험하게 하는 독립군이랑 말 곱게 하는 친일파랑 놓고서 독립군은 말을 더럽게 하니 친일파가 한국을 팔아치우게 내버려두자고 하면 그게 논리적인 겁니까? 그게 감정적인 거죠.

애초에 제가 욕을 한 번 하긴 했지만 그게 뭐 회사나 A팀장님에게 금전적이거나 물리적인 피해를 준 건 없잖습니까? 5분 기분 나쁘고 끝날 일 아녜요? A팀장님이 부당하게 저 승진 누락시키고 팀 프로젝트 말아먹고 그런 게 진짜 피해 아닙니까?

전 제가 손해 봤다고도 생각 안 합니다. 제가 A팀장

님 밑에서 몇 년을 승진이 누락되었지만 그래도 제 밑에 팀원들은 지킨 거 아닙니까? 제 월급은 안 올라도 제 팀원들 월급은 유지하거나 올렸으니 저는 이득 본 거라고 생각합니다.

대가리 대신 궁뎅이를 목 위에 이고 다니니까 뇌 대신 똥으로 사고를 하나? 똥 다 싸지르면 말도 못 하게 되는 거 아냐? 아, 이것도 여러분들을 향해 하는 이야기가 아니라 제가 A팀장님에게 했던 이야깁니다.

이것도 말이 심했죠. 인정합니다. 근데 저도 막 이렇게 말하고 기분이 좋지는 않았어요. 저도 착하게 살고 싶어요. 착하게 살려고 하다 보니깐 돌아버려서 이랬던 거지.

그러자 A팀장님은 다시 똥을 싸버렸는데요. 저는 결국 그 꼴을 보다 못하고 안주머니에서 티슈를 꺼내 A팀장님의 항문을 닦았습니다. 에이, 드러운 게. 이러면서요. 아뇨. A팀장님은 제가 A팀장님의 항문에 휴지를 쑤셔 박았다고 했지만 제가 그렇게까지 비위가 좋진 않아서 그러진 않았습니다.

저도 제가 잘못했다고 생각합니다. 아무리 상대방이 똥을 싸도 제가 상대방의 몸을 터치해서는 안 되는 법이죠.

그런데 제가 예전에 새를 길렀거든요. 보호자는 개가 밖에다 싼 똥을 꼭 치워야만 해서 누가 똥을 싸면 바로 치우는 게 제 버릇이에요.

더욱이 저희 집 개가 나이를 먹고 괄약근에 힘이 안 늘어가서 가끔 항문에 똥딱지를 달고 다니면 제가 티슈를 물에 적셔서 닦아주고는 했는데, 그때 꼭 그렇게 닦아줬거든요. 이건 변명의 여지 없이 제 잘못이 맞습니다.

그런데 A팀장님이 제가 자기를 치려고 했다고 생각했는지, 저에게 주먹을 휘두르려고 하셨죠. 그걸 제가 피했고요.

그러다가 A팀장님께서 무게중심을 놓쳐서 발을 헛디뎠고요. 그래서 계단에서 굴러떨어졌죠. 그다음으로는 지나가던 오토바이에 치였고. 또 지나가던 자동차에 치였고. 마지막으로 지나가던 트럭에 넥타이가 걸려서 질질 끌려가버렸죠.

저는 분명 경찰에 신고했습니다. 회사에 보고도 했고요. 하지만 트럭이 그렇게 빨리 지나가는데 제가 어떻게 막을 수가 없더라고요. 차가 어디로 가는지만 보았죠.

그래서 A팀장님께서 트럭이 멈춘 반동으로 날아가

가게 앞에 놓인 쓰레기봉투 더미에 파묻히는 바람에 다음 날 정오까지 기절하셨을 거라고는 짐작하지 못했습니다. 그사이 술에 취한 노숙자가 A팀장님의 엉덩이를 보고 사람이 아니라 버려진 인형이라고 착각할 줄도 몰랐고요. 새벽에 온 쓰레기차가 수거해서 쓰레기장에 버렸을 거라고 상상할 수도 없었죠.

제가 의도적으로 할 수 있는 일이 하나도 없잖아요. 쓰레기장을 헤매던 A팀장님이 들개 떼를 만나 물릴 것도. 간신히 발견되어 온 구급차에 사고가 날 것도. 반파된 구급차의 뒷문이 열려 들것이 다리 밑으로 떨어질 것도. 그 위로 다시 트럭이 지나갈 것도. 도착한 병원이 파업 중인 것도. 대장내시경을 위가 아니라 아래에 넣은 것도. 의사가 아니라 학생이 수술을 집도하다 약을 잘못 넣는 것도. 그 와중에 A팀장님이 잠깐 일어나서 사내 인권센터에 저를 직장 내 괴롭힘으로 신고하신 다음 혼수상태에 빠진 것도. 제가 뭐 하나 사주한 일이 아니고 사주할 수도 없는 촌극이었습니다.

결국 그래서 제가 이렇게 인권센터의 청문회 자리에 나오게 된 것이었는데요. 제 발언은 이것으로 마무리하겠습니다.

이 일에 대한 감상이라. 그러게요. 음. 이번 일은 A

팀장님이 면접에서 제게 하셨던 질문처럼 좋은 직장이
란 어떤 곳인지 다시 한번 생각하는 계기가 된 것 같
습니다.

직장은 똥으로 가득한 곳이기는 할 거에요. 똥만
만드는 똥공장이기도 할 거고요. 하지만요. 그것만이
직장의 전부는 아닐 거예요. 좋은 직장은요. 아무 데
나 똥을 싸지 않는 직장이 좋은 직장이겠죠. 똥을 참
아야 할 때는 참고 똥을 싸야 할 때는 싸는 직장이 좋
은 직장일 거예요. 그렇지 않더라도 그렇게 믿고 그렇
게 되도록 노력해야겠죠. 뭐. 그런 깨달음을 얻은 것
같습니다.

그럼, 이만 가도 될까요?

반려행성의 종말을
맞이하는 방법

나의 행성이 죽어가고 있다. 행성은 찌그러진 탁구공처럼 원형을 잃은 채 흐릿한 신음을 흘리면서 간신히 내 주변을 공전한다. 이제 내가 나의 행성을 위해 할 수 있는 일은 아무것도 없다. 어쩌면 그 사실만이 내게 남은 유일한 위안일지도 모르겠다.

행성이 잠시 멈춘다. 이 녀석의 흐린 눈빛을 보노라면 잠든 것인지 죽은 것인지 구별되지 않는다. 아니, 애초에 잠과 죽음의 차이는 미미하지 않던가. 우리는 이미 매일 밤 사별을 반복했던 셈이 아니었나.

나는 형광등의 불빛에 행성의 눈이 부시지 않을까 하는 염려에 침대 옆 조명의 스위치를 내렸다. 라몽드 오피스텔 B동의 마지막 불이 꺼진다. 나는 이불을 깔고 앉은 뒤 눈을 감고서 행성이 느릿하게 공전하는 소리에 귀를 기울였다.

★

요즘 유행이야. 반려행성 기르는 거.

1년 전, 친구는 연희동의 카페에서 행성이 포장된 상자를 선물하며 이렇게 말했다. 이직과 함께 자취방을 옮기겠다는 내 소식에 자기 나름의 선물을 준비했다는 것이다.

애완행성이 아니야. 반려야. 둘의 차이는 알지?

모르겠는데.

애완은 갖고 노는 거지만 반려는 반쪽이라는 이야기잖아. 상식이야. 상식.

나는 친구를 노려보았다. 그러잖아도 원래 살던 집보다 더 작은 오피스텔로 옮기는 와중에 짐을 하나, 반쪽을 하나 더해주겠다는 심보를 도무지 이해할 수가 없었다.

세상에는 선물로 책을 고르는 몰상식한 인간들이 있다. 요즘처럼 전자책이 일반화된 시대에 책 선물은 곧 너의 집을 무단으로 점거하겠다는 선전포고에 다름 아니다. 어떤 이들은 책의 가격만을 보고 독서가 값싼 취미라고 착각하고는 한다. 하지만 책만큼이나 공간을 잠식하는, 시간을 요구하는 물건은 드물다. 부동산이 부의 알파이자 오메가이며 여가가 사치재가 된 시대에 책의 가격은 그 책이 잡아먹는 시공간의 값까지 계산해야만 한다.

책 선물마저 이런 판국에 반려행성 선물이라니. 염치도 없다.

호들갑 좀 떨지 마. 누가 들으면 내가 무슨 몬스테라 화분이라도 갖고 온 줄 알겠다. 반려행성이라고 해도 고작해야 자그마한 돌멩이잖아? 무슨 공간을 차지한다고 그래. 손도 많이 안 타. 기르는 거 어렵지 않아.

나는 친구의 말에 콧방귀를 뀌고는 얼음이 반쯤 녹은 커피를 들이켰다. 반려행성을 기르는 것이 쉽다면 세상에는 왜 이렇게나 유기행성이 많겠는가.

너무 그러지 마. 이제 독립해서 혼자 지내면 쓸쓸할 거잖아.

뭐래.

뭐가.

나는 혼자서 잘만 노는데. 혼자가 더 좋은데.

봐. 얘가 애가 타가지고 상자가 들썩인다. 이제 열어

주자.

친구는 나의 말을 한 귀로 흘려버리고는 행성이 들어 있는 상자의 리본을 풀어버렸다. 행성은 위로 튀어오르더니 〈해리 포터 시리즈〉에 나오는 골든 스니치처럼 정신 사납게 카페 인을 빙글빙글 돌아다니다가 나를 중심으로 공전하기 시작했다.

와. 멋진데? 바다가 있는 행성이네. 물이 액체 상태로 있는 행성은 드물다던데. 운도 좋으셔.

개뿔.

새로 옮긴 회사는 대표를 포함해서 직원 다섯이 있는 곳이었다. 규모가 작은 만큼 직원 모두 명색뿐인 직함을 달고 있었다. 그들 사이의 거리는 너무나 가까워서 항상 모이고 계속 부딪히며 자주 다투었다.

대표는 단순한 세상을 살았다. 자신 외의 사람은 그저 자기 밑이었다. 대표는 자신이 대표라는 사실을 무척이나 자랑스러워했다. 단지 늙은 아버지가 은퇴하면서 그 자리를 물려받았을 뿐이었지만 말이다.

부장은 업무보다 SNS의 '좋아요' 숫자에 더 집착했다. 지인 중 누가 댓글을 달았고 어떤 새 글이 올라왔는지에 온 신경을 곤두세웠다. 누가 누구를 욕했고 누구와는 사이가 나쁘고를 파악하는 작업은 부장이 이 세상에 태어난 이유였다. 부장에게 직장이란 가상세계의 고단함을 잠시 잊게 해주는 취미 생활에 가까웠다.

차장은 저녁이면 술 한 병을 꺼내 반주를 하고 점심이면 술 한 병을 꺼내 해장을 했다. 동작이 둔하고 단어와 단어를 조리 있게 연결하거나 논리적으로 사고하지 못해 알코올중독으로 전두엽이 건포도처럼 쪼그라든 게 아닌지 의심스러웠다.

과장은 항상 부동산 시세를 체크했다. 과장의 아파트 시세는 5억 하고도 160만 원이 올랐다가 다시 내려가는 중이라고 했다. 하지만 '똑똑한 한 채'라 처분할 수는 없었다. 과장은 한참 전에 고점을 찍은 아파트를 그저 소유할 뿐이었다. 이자는 늘어만 갔고 시세는 내려가기만 했다.

대리는 유일하게 제대로 일을 하는 사람이었다. 구직 사이트와 블라인드를 둘러보며 이직할 만한 회사들을 물색하고는 했지만 어디까지나 업무를 마친 뒤에만 그러했다는 점에서 다른 직원들에 비해 성실한 편이었다.

직원들은 일주일에 두 번 정도 회식을 빙자한 술자

리를 가졌다. 나는 신입이라는 이유로 매번 그곳에 끌려가야만 했다. 회식 장소의 분위기는 직장 내 괴롭힘의 예시로 국가홍보물에 담으면 어울리겠다 싶었다.

아직도 첫 번째 회식 날을 잊을 수 없다. 나는 하도 술을 마셨던 나머지 화장실에서 토를 양동이 한 통 분량은 게워내는 바람에 막차마저 놓쳐 택시를 타고 집으로 돌아와야 했다.

문을 열자마자 당시에는 어렸던 행성이 윙윙 소리를 내며 나에게 날아왔다. 방이 너무 더럽다고 화를 내는 것 같았다. 방이 지저분한 이유는 행성이 나라는 중심 없이 곳곳을 떠돌다가 여기저기에 부딪혀서 물건을 떨어뜨린 탓이었음에도.

나는 양손으로 행성을 포개어 쥔 채 이불 속으로 파고들었다. 행성이 내 손아귀에서 벗어나기 위해 발버둥을 쳤지만 나는 아랑곳하지 않고 깍지를 낀 채 진동하는 행성을 쥐고서 곯아떨어졌다.

다음 날 일어나니 행성은 내 손에 악취 나는 오줌을 지려놓고서는 방구석에 숨어 벌벌 떨고 있었다.

다시는 그러지 않았다.

끔찍했던 회식 날 이후, 나는 행성에게 조금 더 친

절해지기로 했다. 먹이를 챙겨주고 화장실을 돌봐주는 일은 성가시기는 했지만 어쨌든 해야 할 일이었다.

행성도 한동안 겁내다가 얼마 지나지 않아 다시 나를 중심으로 공전하기 시작했다. 이전보다는 얌전하고 조심스러운 움직임이었다. 결국 내가 이 집에서 가장 큰 질량과 중력을 갖고 있었으니 행성으로서는 어쩔 수 없는 선택이었을 것이다. 공전은 원궤도를 그리는 추락이다. 나는 원의 중심으로 행동하는 법을 배웠다.

너는 나를 선택한 것이 아니지. 나는 너를 포기할 기회라도 있었지만.

행성(行星)의 행(行)은 떠돈다는 의미다. 일본에서 쓰는 혹성(惑星)의 혹(惑)도 마찬가지다. 영어의 Planet 또한 그 어원이 Planeta, 즉 '떠돌이'에 있다고 한다. 항성의 주변을 떠돌고 맴도는 것이야말로 행성의 본질인 셈이다.

나와 나의 행성은 각자의 본분에 충실했다. 우리는 딱히 처음 만났을 때보다 더 가까워지지 않았다. 안정적으로, 지속적으로 매끄러운 원 궤도를 그릴만큼의 적당한 거리를 유지했을 뿐이다.

행성은 기분이 좋은 날이면 삐이삐이 노래를 부르고는 했다.

시간이 지나고서 내가 새 직장의 분위기에 녹아들었을 무렵, 행성도 집에 익숙해졌다. 별다른 경계심을 품지 않고서도 내 근처로 다가오는 경우가 늘어났다. 나도 멍하니 걷다 행성과 부딪히는 경우가 줄어들었다.

나는 가만히 앉아 행성이 나의 주변을 공전하는 모습을 지켜보고는 했다. 행성은 자몽에이드처럼 붉은빛을 띤 바다를 품고 있었다. 알아보니 이렇게 바다가 있는 행성 중에서도 붉은 바다를 가진 행성은 매우 드문 편이었다.

행성에는 제법 질량이 큰 위성도 하나 있었다. 위성의 중력 덕분에 행성의 붉은 바다에는 항상 파도가 치고 있었다. 화산이 곳곳에 있었지만 대부분 휴화산이었고, 몇 안 되는 활화산도 규모가 크지 않아 별다른 지각변동이 없었다.

밥을 챙겨주는 일은 언제나 고역이었다. 아침에 일어나서 출근을 준비하느라 정신이 없는 와중에도 찬장에서 별사탕을 꺼내 잘게 빻아 행성 위에 뿌려주어야만 했다. 행성은 내가 출근하는 길을 언제나 가로막고는 했지만, 이렇게 별사탕 가루를 뿌리면 핥아먹느라 정신이 팔려 내가 문을 열고 밖으로 나가고 있다는 것조차 눈치채지 못하고는 했다.

행성이 음냐음냐 웃는 경우가 점점 늘어났다. 특히 같이 산책하러 나가는 날이면 꼭 그러했다. 나와 행성은 달이 진 밤이면 함께 밖으로 나가 10분 정도 걷고는 했다. 딱히 무언가 대단한 일을 하지는 않았지만 일과에는 반드시 그 시간이 있었고 또 있어야만 했다.

오랜 시간에도 불구하고 나는 한 번도 행성을 이해한 적이 없었다. 계속 함께했을 뿐이다. 흔히 말하는 외로움을 나누는 사이라고나 할까.

외로움을 나눈다. 나는 이 표현이 마음에 든다. 외로움은 아무리 많이 나누더라도, 아무리 작게 나누더라도 그 감정은 작아지기만 할 뿐 절대 사라지지는 않는다는 이야기니까.

우리는 함께 외로웠다. 가끔 서로의 고독을 배울 때는 있었다. 어디까지나 그뿐이었다.

★

나의 행성이 눈을 떴다. 행성은 멈추기 직전의 팽이처럼 균형을 잃은 채 조잘거리면서 방 안을 빙글빙글 떠돈다. 나는 행성을 위해 해야 할 일들을 처리했다. 휴지기를 멈춘 화산에서 흘러나온 용암을 닦아주고 매연으로 가득한 대기를 헹군 다음 흔들리는 지각을 단단히 묶어주었다.

행성이 느리게 춤춘다. 녀석의 눈빛에 잠시 생기가 흐른다. 행성의 눈은 대적반이라고 해서 대기의 흐름이 만드는 소용돌이가 그 역할을 한다. 이곳에 힘이 담긴다는 것은 자전축이 예전처럼 안정적으로 기능한다는 이야기이기도 하다. 나는 어제의 하루가 한 번 더 되풀이될 가능성에 염증과 안도를 동시에 느꼈다.

나는 어둠 속에서 행성을 놓치지 않을까 하는 걱정에 자리에서 일어나 침실의 불을 켰다. 라몽드 오피스텔 612호가 환해진다. 나는 침대에서 일어나 눈을 비비고서 행성이 끼릭끼릭 삐걱거리는 모습을 살펴보았다.

✱

이천은하관에 오신 것을 환영합니다.

한 달 전, 나는 거래처로부터 표를 선물 받아 홀로 플라네타륨에 갔다. 회의를 앞두고 스몰토크로 내가 반려행성과 함께 살고 있다는 이야기를 한 것을 기억한 모양이었다.

이천은하관의 행성들은 모두 사람 손이 익숙하지 않은 야생행성입니다. 부디 다가갈 때는 주의해주십시오.

그렇구나. 나는 설명을 마친 검표원에게 고개를 끄

덕여 보였다. 반려행성의 인기가 식은 뒤 거리에는 유기된 행성들이 자주 눈에 띄었다. 항성을 잃어버린 행성들은 스스로를 주체하지 못한다. 덕분에 지자체 곳곳에서는 그런 유기행성, 야생행성을 구조해 플라네타륨을 만드는 사업을 진행하고는 했다.

세상에는 자기와 한솥밥을 먹은 행성조차 내다 버리는 인간들이 있다. 예전처럼 학교 앞의 문방구에서 파는 병아리를 사다 닭이 되면 갖다 버리는 감각이라고나 할까. 가격을 지불한 것으로 행성을, 삶을 마음대로 다룰 자격이 있다 믿어 의심치 않는 셈이다. 하지만 생물이란 먹고 자고 싸는 것이다. 구매비용 이상으로 유지비용을 고려해야만 한다. 유기행성의 숫자는 그 사회가 얼마나 비틀렸는지를 수치화하여 보여주는 척도다.

이제 곧 공연이 시작됩니다. 이천은하관의 행성들이 여러분들을 위해 열심히 연습한 곡이니만큼, 부디 공연이 시작되기 전에 착석하여 주시길 부탁드립니다.

나는 사회자의 안내가 끝나기 전에 미지근해진 생수로 목을 축였다. 요즘 플라네타륨에서는 반려행성들의 움직임을 계산해 연주에 맞춰 수많은 행성이 동시에 공전하는 천체현상으로 공연을 한다. 나는 별다른 기대도 없이 객석의 불이 꺼지고 행성과 가수들이 입장하는 광경을 바라보았다.

무대에는 큼지막한 백열등 하나가 주황빛 불을 빛내고 있었다. 스무 개가량의 행성들이 이 백열등을 항성으로 삼아 천천히 공전히며 음을 조율했다. 행성은 곧 오케스트라가 되고 항성은 그들의 지휘자가 될 것이었다. 가수들은 각자 자리를 잡아 목을 다듬었다.

그리스의 철학자이자 수학자였던 피타고라스는 만물의 근원이 숫자에 있다고 생각했습니다. 그는 하늘의 해와 달 그리고 별의 움직임 또한, 천체의 운동 또한 수학의 법칙 아래에 있다고 주장했습니다. 그래서 하늘의 별들이 움직일 때 자기만의 음을 낼 것이라는 가설까지 내세웠지요. 피타고라스는 우주가 수학적인 규칙과 아름다운 화음으로 가득 차 있다고 믿었습니다.

이런 생각을 한 사람은 피타고라스만이 아니었습니다. 독일의 천문학자 요하네스 케플러 또한 행성들은 고유의 음악을 가진다고 주장한 과학자 중 하나입니다. 《신천문학》이나 《우주의 조화》 등 역사적인 연구서를 남긴 그는 각 행성의 속도가 음계의 음정에 해당한다는 가설과 함께 태양계의 행성들이 공전하며 내는 음을 악보로 그렸으며, 행성들의 회전주기를 기조로

'천구의 음악(Music of heavenly sphere)'을 작곡한 바도 있습니다.

이천은하관에서 행성들이 연주하는 이 공연은 피타고라스와 케플러의 가설을 현대의 시선에서 재구성하는 자리이기도 합니다.

오늘의 연주는 바로크 시대 작곡가 마우리치오 카차티의 오라토리오 곡, '겟세마네 동산의 영광스러운 땀방울'입니다. 청중 여러분, 공연을 시작하겠습니다. 연주자들을 박수로 맞이하여 주십시오.

사회자가 안내를 마치자 행성 하나가 허공으로 떠올라 기나긴 궤도를 천천히 돌며 하나의 음을 연주하기 시작했다. 두 번째, 세 번째 행성이 그 뒤를 이어 자기만의 궤도를 돌기 시작했다. 음은 곧 화음으로, 화음은 곧 선율로 이어졌다. 수많은 행성의 공전이 하모니를 이루었다.

곧 공연이 끝났다. 개별 행성들의 움직임을 눈으로 좇자니 멀미가 날 것 같았다. 분명 여러 행성이 각자 악기 하나를 맡아 다채롭게 음을 연주했지만 기억에 남는 행성은 없었다. 아마 내가 음악에 밝지 않기 때문이었을 것이다.

플라네타륨 밖으로 나오니 어느새 밤이었다. 바람

이 찼다. 시간을 헛되이 낭비했다는 불쾌함과 함께 버스에 올랐다. 눈부신 조명 아래에서 승객들은 서로의 우울을 외면하고 있었다.

행성이 아프기 시작하면서 나는 자연스레 회식 자리를 빠지게 되었다. 회사는 회의가 아닌 회식으로 움직인다. 뜻이 아니라 술과 밥으로 움직인다. 업무의 공유와 그에 따른 의사결정 그리고 사업 및 인사 평가까지 모든 절차가 술집에서 이루어졌다. 회의 시간은 명목상으로 잡아놨을 뿐, 그때 결정한 안건들은 회식 시간이 되면 모조리 다 뒤집혔다. 결국 나는 회식 자리를 빠지면서 회사에서 없는 사람이나 다름없게 되었다.

대표는 어떻게 나 같은 신입이 회사 대표의 회식 참석 요구를 거절할 수 있는 것인지, 물리현상에 위반되는 데이터를 본 과학자처럼 의문에 빠졌다. 내가 대표의 회식 참석 요구를 거절한 이유가 집에 돌봐야 할 반려행성 때문이라는 사실을 알게 된 뒤로는 신앙심을 잃은 종교인처럼 두려움에 젖었다. 이후로는 나와 다시 계약하지 않을 방법을 궁리 중이라는 소문이 돌았다. 아마 소문만은 아니리라 짐작한다.

다른 직원들은 대표와 달리 굳이 나에 대해서 신경

을 쓰지 않았다. 그 사람들은 이미 회사에 나 말고도 미워할 사람들이 충분히 많이 있었다. 내가 제때 출근하기만 하면, 또 제때 퇴근하지 않기만 하면 굳이 뭐라고 하지 않았다. 대신 대표의 나에 대한 불만을 막아주지도 않았다. 내 욕을 할 때 맞장구나 치지 않으면 다행이었지.

부장은 행성이 아프기에 회식에서 빠지겠다는 내 이야기를 듣고 그거 적당히 끈을 달아다가 기둥에 묶어놓기만 하면 되지 않느냐고 물었다. 별에다 끈을 단다니. 참 이상한 생각이라고 대답하자 부장은 그 생각보다도 더 이상한 표정을 지었다.

비록 홀로 남은 행성을 돌봐야만 한다는 불가항력으로 직장에서 떨어져 나갈 신세가 되었지만 나는 좋게 생각하기로 했다. 대표만이 아니라 나 역시 이 상황을 스스로 납득하기 위해 몇 밤을 설쳐야 했다. 이제는 괜찮다.

나는 회식에서 빠져나온 밤이면 그저 자취방에 가만히 앉아 행성이 내 주변을 공전하는 모습을 멍하니 바라보고는 했다.

중력은 상호작용이다. 질량을 가진 두 물체 사이에 작용하는 힘이다. 행성이 내 곁을 맴도는 만큼이나 나

역시 행성의 곁을 지켰다. 나는 행성이 공전하는 중심이었으니까. 나는 나의 행성의 항성이었으니까.

천문병원으로 통원을 하게 된 이후, 행성은 나에게 더욱더 응석을 부리고는 했다. 위성과의 간격을 조정하고 공전 궤도에 놓인 장애물을 치워주는 일까지 의지하고 있으니 그럴 만한 일이었다.

의사는 나의 행성이 위성과의 간격에 선천적인 문제가 있다고 진단했다. 너무 큰 질량을 가진 존재가 가까이에 있어 자전축에 영향을 주고 지각변동도 심하게 일으킨다는 것이다.

인공적으로 행성의 근처에 두 번째 위성을 더해 문제를 해결해보려고 했지만 수술은 실패로 끝났다. 그 이후로 행성과 위성은 각자 불안정한 타원궤도를 그리기 시작했다. 타원의 곡률은 그 답을 구하기가 원궤도보다 몇 배는 더 까다로웠다.

위성은 위태로운 곡선을 그리다가 행성에게 너무 다가간 나머지 그 중력에 짓눌려 깨져버리고 말았다. 위성의 파편은 아름다운 고리를 이루고는 행성의 주변을 떠돌았다.

어떤 과학자들은 행성의 고리를 반지에 비유하기도

한다. 그렇다면 행성의 반지는 무엇의 징표일까. 누구와의 혼약을 보증하는 장신구일까. 의사 학위가 없어도 충분히 짐작할 수 있는 노릇이었다.

나는 밤마다 품에 행성을 안고서 잠들고는 했다. 행성의 고리가 내는 불규칙적인, 간헐적인 소음을 수면음으로 삼았다.

행성의 고리는 회전할 때마다 유리구슬이 부딪치는 소리를 낸다.

위성이 깨져버린 뒤, 행성의 병세는 더 악화하였다. 눈을 제대로 뜨지 못하고 집 안에서조차 길을 잃거나 갑작스레 떼를 쓰고는 했다. 나는 이 상황에 익숙해지기까지 오래 노력해야 했다.

나는 세심하게 행성이 내 주변을 헤매는 모습을 지켜보고는 했다. 행성이 품고 있던 붉은 빛 바다는 위성이 사라지면서 파도가 없이 호수처럼 잔잔해졌다 잦은 지각변동과 화산 폭발로 인해 지반 밑으로 흡수되거나 안개가 되어 산산이 흩어졌다. 빙하기가 다가오고 있었다. 조만간 자기장마저 약해지면 대기 상태마저 급변할 것이다. 아무리 화산재를 닦아내도 증세는 나아지지 않았다.

약을 잘 먹는 것이 불행 중 다행이었다. 저녁이 되면 찬장에서 별사탕과 약을 꺼내 입안에 머금고서 우물거려 잘 녹인 뒤 행성 위에 발라주었다. 행성은 예전에는 약이 먹기 싫다고 삑삑거리기 일쑤였으나, 이제는 밎설 힘이 없어서인지 나를 믿어서인지 잠자코 내 손길에 몸을 맡기고는 했다.

나는 가끔 울었다. 약을 먹고 취기에 빠진 행성이 비틀비틀거리다 벽에 부딪치기를 반복할 때면 매번 그랬다. 내가 그렇게 눈물을 흘릴 때마다 행성은 나에게 다가와 나를 달래고는 했다. 도대체 누구 때문에 우는 것인지는 짐작도 하지 못하는 모양이었다. 나는 그 모습에 한참을 웃었다.

투병 기간이 길어지기는 어려울 것이다. 행성은 붕괴하고 있었고 나에게는 막을 방법이 없다. 그저 함께 시간을 보내기만 할 뿐.

시간을 보낸다. 나는 이 표현이 마음에 들지 않는다. 시간을 놓지 않을 수 있기라도 하다는 듯이 말하니까. 붙잡을 수 있다는 이야기처럼 들리니까.

무너져가는 행성에서는 설탕이 타는 냄새가 났다. 카라멜라이즈의 연기가 벽에 들러붙는 듯했다.

✦

　나의 행성이 죽음을 노려본다. 행성의 눈은 흐릿해졌지만 그 어느 때보다도 더 선명하게 대상을 포착한다. 행성은 아이스 트레이에서 꺼낸 얼음처럼 빙하기에 돌입했다. 이제 우리는 기다린다.

　행성이 으르렁거린다. 겁에 질려서는 아니다. 비굴하게 눈을 내리깔지도 않는다. 그저 자신을 잡아먹고자 기어 오는 죽음을 향해 마지막까지 전의를 불태우고 있을 뿐이다.

　피타고라스의 주장처럼 우주가 복잡하고 난해하면서도 조화로운 오케스트라라면, 이제 곧 라몽드 오피스텔 B동 612호에서 악기 하나가 연주를 마치는 셈이다. 나는 행성을 안고 방으로 돌아가 침대에 등을 기댔다.

✦

　인간은 별의 자손이라고 하는 사람들이 싫어.

　하루 전, 내가 본 다큐멘터리에서 나온 이야기다. 나는 잠든 행성을 안고서 OTT 서비스의 아무런 영상을 보고는 했다. 그리고 요즘은 이상하다시피 우주와 행성에 관련된 다큐멘터리가 추천 영상으로 자주 올라왔다.

인간을 구성하고 있는 성분은 모두 별의 탄생과 함께 만들어졌으니 인간은 모두 별들의 자손이라는 거야. 낭만적으로 보이려고 억지로 만든 뻔뻔한 이야기잖아. 그러면 자기가 뭐 감성 있어 보이는 줄 아나?

난 그 사람들이 하는 말이 완전히 틀린 말이 아니어서 더 싫어. 언젠가 인간들이 모두 다 별로 돌아가는 것은 맞으니까 말이야. 아무리 그 사실을 되새기면서 사는 사람은 얼마 없다고는 해도.

뭐라는 건지. 행성은 귓등으로도 내 이야기에 반응하지 않는다. 이렇게 행성은 내가 말을 걸 때면 이해도 하지 못하는 울음을 왜 이렇게 자주 짖는가에 대해 의아해하고는 했다. 정말이지 내 속도 모르고선.

그 허세쟁이들의 말을 따르자면 우리는 친척 사이인 셈이지. 촌수가 조금 멀기는 해도 말이야. 어때, 사촌?

행성은 조금씩 바스러지고 있었다. 바닥에는 행성의 파편들이 과자 가루처럼 떨어져 있었다. 손가락으로 찍어서 핥아보니 계피 맛이다.

나는 있잖아. 네가 언제 은하로 돌아가나 궁금해서 점까지 보러 갔었어.

정확히는 점성술을 봤지.

사주를 볼까 했는데 행성에 관한 이야기는 사주보다는 점성술이 더 잘 알지 않을까 싶었거든. 아무래도 그렇잖아.

네가 태어난 날이 언제인지는 알았어. 상자에 제조 일자가 적혀 있었잖아. 근데 말이야. 내가 네 제조 일자로 점을 보니까 말이야. 알아? 너는 결혼수가 좋대. 행성이 어떻게 결혼을 할 수 있는지는 모르겠지만 하여튼 그렇대.

아무튼 너는 결혼수가 좋으니 결혼을 하게 될 거고, 결혼을 하려면 일단 살아 있어야 하니까 당분간은 더 버티지 않을까 싶어.

당장은 네가 데이트를 하거나 만나고 있는 행성이 없으니까 그 당분간은 제법 긴 시간이겠지. 어쩌면 꽤 오래. 가능하다면 계속.

행성이 아픈 뒤부터 나는 혼잣말이 늘었다. 내가 아무리 떠들어도 행성은 이해하지 못하겠지만 그건 내가 침묵할 이유가 아니다. 나의 실없는 소리는 행성보다는 나를 위한 이야기다. 우리는 함께 외로웠다. 그리고 같이 싸운다.

하지만 너의 상태를 보면 지금은 점성술보다는 측성학이 필요하기는 해.

둘의 차이가 뭐냐고? 그거야 말 그대로지.

점성술은 별들의 위치를 따지면서 점을 보는 방법이고 측성학은 별들을 측정하는 학문이야.

점성술도 재밌지만 측성학도 좋아.

점성술은 별들에게 의미가 있기를 기대하지. 측성술은 별들의 존재 그 자체에 경배하고. 나는 어느 쪽이건 다 의미가 있다고 생각해.

행성은 몸을 굴려 내 무릎에 기댄다. 행성은 나의 목소리를 이해하지도 못하는 주제에 내가 수다를 떨 때마다 나에게 기대기를 좋아했다. 아니. 어쩌면 오히려 그렇기 때문일지도. 모른다.

핸드폰이 진동한다. 회사에서 온 전화다. 나는 행성이 놀라지 않게 조심스레 진동을 끄고 핸드폰을 침대 위로 던졌다. 일은 이미 마쳐놨고 책임질 사람은 내가 아니다. 술자리의 자취를 정리할 사람도 내가 아니다.

내 업무를 하는 것과 남의 짬처리를 당하는 것은 별개의 일이다. 정확히 말하자면 남의 짬처리를 당하지 않는 것부터가 내 업무의 시작이다.

요 며칠 나는 회사를 배 째라 모드, 자를 용기가 있음 잘라보시든가의 마인드로 다녔다. 일을 하지 않았다는 이야기는 아니다. 회사에 필요한 일을 했지 그 사람들이 좋아할 일을 하지 않았을 뿐. 내가 잘리는 게 먼저인지 회사가 망하는 게 먼저인지 경쟁 중인 셈이다. 의외로 상대가 되는 승부다. 내 입장에서나 회사 입장에서나.

회사의 상태는 당연히 안 좋다. 사업이 풀리지 않아 자꾸 회의를 연다. 자꾸 회의를 여니까 실질적인 일을 할 시간이 사라지고 이제까지 진행한 일은 무산이 된다. 실질적인 일을 할 시간이 사라지고 이제까지 진행한 일은 무산이 되니까 사업이 풀리지 않는다. 사업이 풀리지 않아 자꾸 회의를 연다.

그나마 무언가 결과물이 나와도 회식으로 다 날려먹는다. 논리적으로 자연스러운 악순환의 고리다.

대표는 이 악순환을 인식하고 이해할 정도의 지능이 없었다. 무능한 사람과 무능함을 지적하기를 겁내거나 귀찮아하는 사람들을 아무리 모아봤자 나오는 결과는 빤한 것이다. 짠한 것이다.

나는 행성이 아프면서 일을 더 열심히 했다. 제때 퇴근하지 않으면 행성을 병원으로 데려가거나 살펴줄 수 없었기 때문이다. 행성을 돌보는 일은 나를 돌보는 일이었다.

나 스스로도 의아한 노릇이지만 나는 겁내는 사람도, 귀찮아하는 사람도 아니었다. 생각만큼 무능하지도 않았다. 그저 내 할 일을 하는 사람이었다.

회사에서 나는 여전히 없는 사람이었지만 딱히 신경이 쓰이지는 않는다. 외로움은 내게 있어 훈장이었다.

✳

아침이 된 이후, 행성의 사막화는 걷잡을 수 없이 빠르게 진행되었다. 자기장의 변화로 인해 대기가 사라지고 지표면의 마지막 한 방울까지 메말라버렸다. 그럼에도 행성은 아직까지 전의를 잃지 않는다.

행성의 고리는 행성의 환경에 치명적인 타격을 주었다. 나의 행성은 오로지 모래뿐인 사막행성이 되었다. 하지만 나는 그래도 좋았다. 그래서 좋았다. 이제 나의 행성에는 순수함만이 남았다.

언제나 외롭고 끝없이 그리울 것이라는 사실은 나에게 있어 구원이다. 나는 행성을 받아들이지 못하고 행성도 나를 이해하지 못한다. 우리의 관계는 그저 일방의 독해자가 상호적으로 마주하는 것에 불과하다는 점에서 충만하다.

나의 행성이 죽어가고 있다. 태어난 이후 여느 때와

마찬가지로. 나와 함께 죽어가고 있다. 나는 그 사실이
가끔은 기쁘다.

나는 행성의 숨소리에 맞춰 작게 허밍했다.

〈끝〉

〈202X 뽁뽁이 대량 학살사건에 대한 보고서〉

이 작품은 내가 처음으로 쓴 소설이다. 교양수업 과제로 제출해야 했던 엉망진창의 글들을 뒤로하면 말이다. 지금으로부터 20년가량 전에 떠올린 셈이 되겠다. 에어캡 안에 우주가 존재한다는 소재는 우체국에서 소포를 부치다 떠올렸고, 이 사실을 알게 된 사람들이 폭주해서 뽁뽁이를 마구잡이로 터뜨린다는 전개는 황우석의 논문 조작 사건을 보고 떠올렸던 것으로 기억한다.

에어캡 안에 우주가 존재한다는 아이디어를 떠올렸을 때 나는 내가 천재인 줄 알았다. 세상 물정 전혀 모르는 멍청한 시절이라 그랬다. 한국 SF 사상 작품 속에서 가장 많은 생명체를 죽인 작가가 될 거라고도 확신했다. 단기적으로는 성공했을지도 모르겠다. 하지만 나중에 내가 죽인 사람들에게 미안한 나머지 '에어캡이 터지면서 그 안에 존재하던 생명체들은 잘 도망쳐 나왔을 것이다'라고 작품 외적으로 설정을 덧붙여서 그 기록도 무산되었다.

이 소설을 쓴 뒤로 시간이 많이 흘렀다. 그사이 충전재 시장도 달라졌다. 요즘은 고무보트처럼 생긴 에어캡이 달렸거나 아예 에어캡 없이 종이 재질로 손상을 막아주는 충전재가 주로 보인다. 아마 친환경 소재로 만드느라 이런 변화가 생긴 게 아닌가 싶다. 좋은 변화다.

애초에 에어캡을, 뽁뽁이를 터뜨리는 취미가 사라진 시대이기도 하다. 뽁뽁이는 비어 있는 시간을 죽이는 행위였다. 비닐이 터지면서 들려오는 자그마한 파열음이 초침의 움직임처럼 시간이 흐르도록 돕고는 했다. 하지만 이제 비어 있는 시간을 가질 정도로 부유한 사람은 어디에도 없다. 세상에서 가장 돈이 많다는 갑부조차 스마트폰을 쥐고 스크린을 터치하며 SNS에 인생을 저당 잡힌 채 살고 있지 않은가.

다만 뽁뽁이에서 스크린으로 바뀌었을 뿐, 손가락을 짓눌러서 누군가를 죽이는 일은 여전히 일어나는 중이다. 나라고 예외는 아닐 터이다. 죽는 쪽이건 죽이는 쪽이건 어느 쪽이건.

〈대통령 항문에 사보타주〉

네? 이 소설을 다시 내자고요? 지금 세상에? 몇 년 전이었더라. 출간 제안을 받고 아마 이렇게 대답했던 것 같다. 결국 나오고 말았다.

다방면에서 문제가 많은 글이다. 짧은 생각과 무식이 적나라하게 드러나는 문장들이나 낯부끄러운 완성도 면에서나 어린 시절의 치기로 가득하다. 굳이 이 작품을 세월의 무덤 속을 헤집어가며 다시 꺼낼 필요가 있을까 길게 고민했다. 하지만 누군가(들)의 부고를 접한 다음 날, 출간을 해야겠다고 출판사에 문자를 보냈다.

이렇게만 말하면 조금 폼 잡는 것 같으니 부연을 더하겠다. 나는 소심하고 의지박약한 사람이라 출판사에 출간하자고 연락한 뒤에도 끊임없이 이거 내도 되겠느냐, 나중에 내면 안 되겠느냐, 몇십 번을 투덜

거렸다. 다만 주변의 "어차피 너처럼 별 영향력이 없는 사람이 이런 글 낸다고 뭐 있겠느냐"는 조언에 힘입어 용기를 얻고 조금 덜 찡얼거리게 되었다. "넌 성격이 더러운 걸 더 티 내고 살아야 한다"는 조언도 큰 힘이 되었다. 기회를 준 출판사와 용기를 준 동료들에게 감사의 인사를 드린다.

여러 가지 의미로 옛날이야기다. 지금의 이야기가 아니다. 요즘에 관해 이야기를 한다면 아마 다른 방식으로 글을 썼을 것이다. 누구를 모델로 썼는지도 뭐가 중요하겠는가. 다들 자신이 싫어하는 정치인에게 대입해서 볼 텐데 말이다.

가끔 "dcdc는 요즘 쓰는 것보다 〈대통령 항문에 사보타주〉 같은 초기작이 훨씬 더 좋았어"라는 지적을 듣기도 한다. 이제 이런 글을 쓰지 못하는 것은 아니지만 필요성을 모르겠다. 당시에도 "통통 튀는 문장"이나 "발칙한 상상력" 같은 평가를 듣고 두드러기가 나는 것 같았는데, 나이 먹고 젊은 사람인 척 안간힘을 쓰는 모습으로 보이기도 우습지 않나 싶어서 이런 글은 가급적 쓰지 않으려고 한다.

예전에 발표하면서도 고지했지만 기본적으로 〈사우스 파크〉에 빗진 이야기다. 애초에 이 소재부터가 그렇게 드문 발상도 아니기도 하다.

〈삶의 의미〉

출간을 위해 다시 읽으면서 새삼 깨달았다. 이 소설은 〈202X 뽁뽁이 대량 학살사건〉과 동일한 내용이다. 짧지 않은 세월이 지났다고 생각했는데 내가 하고 싶은 이야기는 언제나처럼 단 한 가지였던 모양이다. 그리고 내가 이 하나를 제대로 하지 못하는 나 스스로를 부끄러워 하고 있다는 것도 말이다.

요 몇 년 동안 아내를 잃고 청승 떠는 남자들이 주인공인 작품을 굳이 이렇게까지 많이 써야 할까 싶을 정도로 써댔는데, 이 작품이 가장 완성도가 높은 것 같다. 이런 소설들을 과도하게 집필한 이유는 내게 가장 소중한 것이면서 잃어버릴까 가장 두려운 것이 아내와 보내는 시간이기 때문이지 않을까 한다.

내가 쓴 작품 중 가장 따분한 제목이라는 점도 만족스럽다. 겉만 봐서는 아주 질색인 내용일 것 같은 제목이다. 내용을 보고 나서도 질색하게 되는 면이 있는 글이기도 하고. 파스칼의 도박에 내포된 모순을 뻔히 알면서도 당당하게 무시하는 화자도 마음에 든다.

*이 소설은 밀리의 서재를 통해 선공개된 오리지닐 작품임을 밝힌다.

〈식장 상사 항문에 사보타주〉

〈대통령 항문에 사보타주〉가 출간되는 기념으로 쓴, 후속편 아닌 후속편이다. 이런 글은 가급적 쓰지 말아야지 싶었지만, 기왕 옛날 작품이 다시 빛을 보게 되었는데 이 정도는 괜찮지 않을까.

A의 모델은 당신이 생각하는 그 사람이 아니다. 내가 당신이 생각하는 그 사람이 누구인 줄 어떻게 아느냐고? 그냥 내가 아니라고 했으니까 아닌 거다. 역겨운 직장 상사에 대한 풍문을 모자이크해서 만든 뻔한 캐릭터에 불과하니까 괜한 시비는 걸지 말아주시길 부탁드린다.

하지만 바로 그렇기 때문에 A의 모델은 당신이 생각하는 그 사람이 맞기도 하다. 당신이 누구건 당신 또한 꼰대 직장 상사를 만나 고통받은 순간이 있었을 테니까. 당신에게 그런 사람이 있다면, 혹은 당신이 누군가에게 그런 사람이었다면 양심껏 치환해서 읽으면 된다. 다만 그 치환은 당신의 마음속에서 자연스레 일어난 일이지 나의 의도에 의한 일이 아니라는 이야기다.

영향을 받은 사건이 있기는 하다. 작업이 지지부진하던 중, 모 아이돌 그룹의 프로듀서가 세 시간에 달하는 기자회견을 했다. 그 기자회견과 그에 대한 온라인의 반응을 본 순간 자연스레 글이 써지기 시작했다. 아마 이 글이 나오기 위해서는 이런 기폭제가 필요했던 게 아닐까 싶다.

이 글 역시 〈대통령 항문에 사보타주〉와 마찬가지로 〈사우스 파크〉에 빚진 이야기다. 아무래도 소재가 소재다 보니 〈엉덩이 탐정〉 시리즈와 아주 무관하지는 않겠지만 직접적인 영향은 없다.

〈반려행성의 종말을 맞이하는 방법〉

얼마 전, 우리 집 고양이의 임보 시절 사진을 발견했다. 처음 보고는 못 알아볼 뻔했다. 아니, 얘 얼굴이 왜 이래. 뭐 이리 허무하고 무기력한 표정이람. 하고 몇 번을 지금의 우리 애 얼굴과 비교해봤다. 사진에서는 좁은 공간에 갇혀 누구도 자신의 이야기를 들어주지 않고 최저한의 여건조차 마련되지 않은 상황의 고단함이 물씬 묻어나오고 있었다. 새벽 3시에 자기 밥 먹는 거 옆에서 지켜보라고 날 깨울 때의 그 당당함은 어디에서도 찾아볼 수 없었다.

그렇다고 내가 지금 우리 집 고양이를 잘 돌보고 있는지는 모르겠다. 당장 내 인생의 문제들을 처리하기에도 급급한 상황이니까. 아침 일찍 출근해서 밤늦게 주차 자리도 못 찾을 시간에 퇴근해 저 멀리에 차를 세워놓고 돌아오기가 일상이니까. 그래도 나를 좋아해주고 기다려주는 게 고마울 뿐이지. 이 글도 이 친구 덕분에 쓸 수 있었다.

별이라는 표현을 쓸 때는 조금 저어되는 면이 있었다. 예전에 어느 강연에서 항성만 별이지 행성은 별이라고 부르면 안 된다고 주장하는 강사를 본 적이 있기 때문이다. 하지만 애초에 행성이나 유성의 성 모두 별 성(星)을 쓰는데 그런 주장은 한국어에 대한 이해가 없는 이야기인 것 같아 무시하기로 했다.

눈이 별처럼 반짝반짝 빛난다, 라는 표현을 좋아한다. 눈에 별을 담은 사람들이 있다. 아무리 작은 별이라도 오직 그 하나만을 바라보며 이 추위를, 이 어둠을 견디는 사람들이 있다. 그런 사람들에 관한 이야기다.

2024년 여름
홍지운

대통령 항문에 사보타주

초판 1쇄 발행 2024년 7월 7일

지은이 홍지운
펴낸이 나성채
디자인 김선예, 이수정
마케팅 박동준

발행처 오러 orror
등록 2023년 4월 26일(제2023-000003호)
주소 32134 충청남도 태안군
      태안읍 원이로 302, 204동 205호
전화 02.324.3945-6 팩스 02.324.3947
이메일 orrorpub@gmail.com

ISBN 979.11.93984.04.8 04810
      979.11.983254.0.2 04810(세트)